U0464955

国际大奖小说
摩纳哥王子文学奖

绿拇指男孩

[法] 莫里斯·德吕翁 / 著
[法] 杰奎琳·杜埃姆 / 绘
甄大台 / 译

天津出版传媒集团
新蕾出版社

图书在版编目 (CIP) 数据

绿拇指男孩 / (法) 莫里斯·德吕翁著；(法) 杰奎琳·杜埃姆绘；甄大台译. -- 天津：新蕾出版社，2022.1 (2024.12 重印)
(国际大奖小说)
ISBN 978-7-5307-7234-8

Ⅰ.①绿… Ⅱ.①莫… ②杰… ③甄… Ⅲ.①儿童小说-中篇小说-法国-现代 Ⅳ.①I565.84

中国版本图书馆 CIP 数据核字(2021)第 130676 号

Original title: TISTOU, LES POUCES VERTS
Copyright ⓒ 1968 by Maurice Druon
Illustrations by Jacqueline Duhême ⓒ 2005, Gallimard Jeunesse
Simplified Chinese translation copyright ⓒ 2022 by New Buds Publishing House (Tianjin) Limited Company
ALL RIGHTS RESERVED
津图登字:02-2020-111

书　　　名	绿拇指男孩　LÜ MUZHI NANHAI
出版发行	天津出版传媒集团 新蕾出版社
	http://www.newbuds.com.cn
地　　　址	天津市和平区西康路 35 号(300051)
出 版 人	马玉秀
电　　　话	总编办 (022)23332422 发行部 (022)23332351　23332677
传　　　真	(022)23332422
经　　　销	全国新华书店
印　　　刷	天津新华印务有限公司
开　　　本	880mm×1230mm　1/32
字　　　数	70 千字
印　　　张	5
版　　　次	2022 年 1 月第 1 版　2024 年 12 月第 8 次印刷
定　　　价	32.00 元

著作权所有，请勿擅用本书制作各类出版物，违者必究。
如发现印、装质量问题，影响阅读，请与本社发行部联系调换。
地址:天津市和平区西康路 35 号
电话:(022)23332677　邮编:300051

一辈子的书

◎ 梅子涵

◆ 亲近文学 ◆

一个希望优秀的人,是应该亲近文学的。亲近文学的方式当然就是阅读。阅读那些经典和杰作,在故事和语言间得到和世俗不一样的气息,优雅的心情和感觉在这同时也就滋生出来;还有很多的智慧和见解,是你在受教育的课堂上和别的书里难以如此生动和有趣地看见的。慢慢地,慢慢地,这阅读就使你有了格调,有了不平庸的眼睛。其实谁不知道,十有八九你是不可能成为一个文学家的,而是当了电脑工程师、建筑设计师……可是亲近文学怎么就是为了要成为文学家,成为一个写小说的人呢?文学是抚摸所有人的灵魂的,如果真有一种叫作"灵魂"的东西的话。文学是这样的一盏灯,只要你亲近过它,那么不管你是在怎样的境遇里,每天从事怎样的职业和怎样地操持,是设计房子还是打制家具,它都会无声无息地照亮你,使你可能为一个城市、一个家庭的房间又添置了经典,添置了可以供世代的人去欣赏和享受的美,而不是才过了几年,人们已经在说,哎哟,好难看哟!

谁会不想要这样的一盏灯呢?

◆阅读优秀◆

文学是很丰富的,各种各样。但是它又的确分成优秀和平庸。我们哪怕可以活上三百岁,有很充裕的时间,还是有理由只阅读优秀的,而拒绝平庸的。所以一代一代年长的人总是劝说年轻的人:"阅读经典!"这是他们的前人告诉他们的,他们也有了深切的体会,所以再来告诉他们的后代。

这是人类的生命关怀。

美国诗人惠特曼有一首诗:《有一个孩子向前走去》。诗里说:

> 有一个孩子每天向前走去,
> 他看见最初的东西,他就变成那东西,
> 那东西就变成了他的一部分……

如果是早开的紫丁香,那么它会变成这个孩子的一部分;如果是杂乱的野草,那么它也会变成这个孩子的一部分。

我们都想看见一个孩子一步步地走进经典里去,走进优秀。

优秀和经典的书,不是只有那些很久年代以前的才是,只是安徒生，只是托尔斯泰，只是鲁迅；当代也有不少。只不过是我们不知道，所以没有告诉你；你的父母不知道，所以没有告诉你；你的老师可能也不知道，所以也没有告诉你。我们都已经看见了这种"不知道"所造成的阅读的稀少了。我们很焦急，所以我们总是非常热心地对你们说，它们在哪里，是什么书名，在哪儿可以买到。我就好想为你们开一张大书单，可以供你们去寻找、得到。像英国作家斯蒂文生写的那个李利一样，每天快要天黑的时候，他就拿着提灯和梯子走过来，在每一家的门口，把街灯点亮。我们也想当一个点灯的人，让你们在光亮中可以看见，看见那一本本被奇特地写出来的书，夜晚梦见里面的故事，白天的时候也必然想起和流连。一个孩子一天天地向前走去，长大了，很有知识，很有技能，还善良和有诗意，语言斯文……

同样是长大，那会多么不一样！

◆ 自己的书 ◆

优秀的文学书，也有不同。有很多是写给成年人的，也有专门写给孩子和青少年的。专门为孩子和青少年写文学书，不是从古就有的，而是历史不长。可是已经写出来的足以称得上琳琅和灿烂了。它可以算作是这二三百年来我们的文学里最值得炫耀的事情之一，几乎任何一本统计世纪文学成就的大书里都不会忘记写上这一笔,而且写上一个个具体的灿烂书名。

它们是我们自己的书。合乎年纪,合乎趣味,快活地笑或是严肃地思考,都是立在敬重我们生命的角度,不假冒天真,也不故意深刻。

它们是长大的人一生忘记不了的书,长大以后,他们才知道,原来这样的书,这些书里的故事和美妙,在长大之后读的文学书里再难遇见,可是因为他们读过了,所以没有遗憾。他们会这样劝说:"读一读吧,要不会遗憾的。"

我们不要像安徒生写的那棵小枞树,老急着长大,老以为自己已经长大,不理睬照射它的那么温暖的太阳光和充分的新鲜空气,连飞翔过去的小鸟,和早晨与晚间飘过去的红云也一点儿都不感兴趣,老想着我长大了,我长大了。

"请你跟我们一道享受你的生活吧!"太阳光说。

"请你在自由中享受你新鲜的青春吧!"空气说。

"请你尽情地阅读属于你的年龄的文学书吧!"梅子涵说。

现在的这些"国际大奖小说"就是这样的书。

它们真是非常好,读完了,放进你自己的书架,你永远也不会抽离的。

很多年后,你当父亲、母亲了,你会对儿子、女儿说:"读一读它们,我的孩子!"

你还会当爷爷、奶奶、外公和外婆,你会对孙辈们说:"读一读它们吧,我都珍藏了一辈子了!"

一辈子的书。

自 序

  《绿拇指男孩》是我创作的唯一一本少儿读物,也可能是我这一生唯一一本少儿读物。

  有一天,在我写完一卷《被诅咒的国王》准备续写另一卷的间隙,就好像是要给自己放松一样,我兴致勃勃地开始尝试一种我从未涉足过的、与我其他作品相去甚远的文学类别。在创作过程中,我发现它们的差异仅仅体现在作品的形式与表达方式上,而实质性的问题却毫无二致。

  首先,你要明确与你对话的孩子并不存在,只有未来的大人和从前的孩子。在日常生活中,我从不用小孩子的口吻和一个孩子讲话,我并不认为他们有那么幼稚,幼稚到为了让他们听懂我说的话,我也必须变成一个幼稚无知的人。我小的时候,当别人用这种错误的方式和我讲话时,我总是非常恼火,我心里总会这么想(当然我不敢说出来):"这位先生也真够蠢的,他蹲下来就为了装作跟我一样高。"

  小说的主人公弟嘟就是这样一个男孩。他不接受大人们用满腹成见来向他解释这个世界。由于他总是以新奇的目光来看待人和物——此乃童年最重要的品质——他总是把大人们的道理反驳得体无完肤,因为这些大人早已习惯了戴着有色眼镜看问题,然后做出错误的评判。尤其让他无法理解的是：既然美好的情感、自由、公正、和平相较于邪恶的念头、束缚、专制、战争，简言之，善相较于恶更能让人们感受到幸福，那为什么人们不能和谐地生活在善之中呢？

就我个人而言，这可能就是童年留给我的问题，我依然理解不了也接受不了这种无能。

所有的孩子都急切地按照善的旨意来行事，他们期待着长大后的奇迹。但是等他们长大了，他们通常会忘记自己曾经想做的事情，或者是干脆放弃了。然后什么都没有发生，只是世界上又多了一个大人而已，并没有什么奇迹。

而弟嘟，他很幸运在自己很小的时候就能行动起来，幻梦剧就此拉开了序幕。他借助花儿来实现自己的梦想，而这些花儿正象征着童年、诺言和希望。

这个孩子是如何利用这些花儿来唤醒我们这些已经成年的大孩子，告知我们也可以生活得更加幸福的呢？这正是这本书要告诉你们的。

但是很显然，弟嘟和其他孩子不一样。

这十年来，他帮我结交了许多来自世界各地的、不同年龄段的朋友，通过他们向我印证了这一点。

莫里斯·德吕翁

1967 年 11 月

张默 译

献给我的朋友

多姆·让·玛利亚

目 录

1. 关于弟嘟这个名字,作者有一些见解　1
2. 介绍弟嘟、他的父母和闪闪发光的房子　5
3. 认识一下米尔宝和父亲先生的工厂　12
4. 小弟嘟被送去上学,却又被退学　14
5. 闪闪发光的房子上愁云密布,大家决定为弟嘟实行全新的教育方式　19
6. 弟嘟学种花,被发现有绿拇指　25
7. 弟嘟被托付给杜纳狄斯先生,跟他学纪律　34
8. 弟嘟做了一个恐怖的梦,以及由此产生的后果　41
9. 学者们一无所获,而弟嘟却有了新发现　48
10. 弟嘟再跟杜纳狄斯先生学贫穷　54

11. 弟嘟决定帮助莫迪维医生　62

12. 米尔宝的名字越来越长　71

13. 大家力图逗弟嘟开心　76

14. 弟嘟对于战争提出了新的问题　84

15. 弟嘟先上了一堂地理课，　90
　　又上了一堂工厂课，
以及去吧与滚吧之间的冲突扩大

16. 令人震惊的消息　101

17. 弟嘟勇敢地自首　110

18. 一些大人放弃了成见　116

19. 弟嘟的最新发现　123

20. 我们终于知道了弟嘟是谁　133

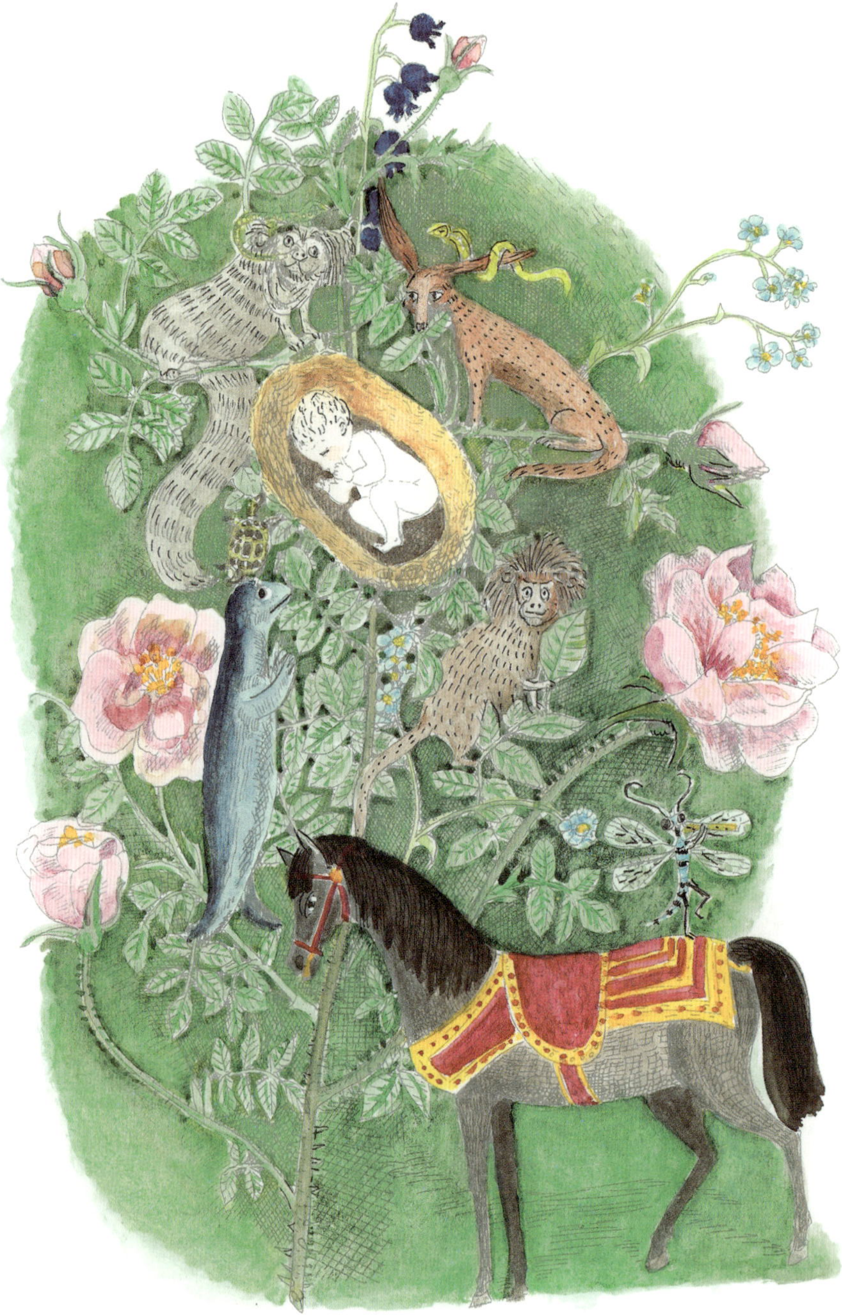

1.
关于弟嘟这个名字，作者有一些见解

弟嘟是个很奇怪的名字，在法国或任何一个国家的日历上都找不到。日历上也没有圣人弟嘟。

但是，却有一个大家都叫他弟嘟的小男孩……这个嘛，需要解释一下。

在他出生没多久，比篮子里的一条面包大不了多少的时候，穿着长袖长裙的教母以及戴着帽子的教父，就抱着这个小男孩来到了教堂，告诉神父说，他的名字叫作弗朗索瓦·巴蒂斯特。正如大多数在这种情况下的小婴儿一样，这一天，这个小男孩也是又哭又叫地抗议着，直到脸红脖子粗。但是那些对小婴儿的抗议一无所知的大人，还是拍胸脯保证说，这个小男孩的名字就叫弗朗索瓦·巴蒂斯特。

然后，穿长裙的教母以及戴帽子的教父把他放回摇篮里，接着就发生了一件很奇怪的事：大人们的舌头好像变得不听使唤了，怎么也叫不出他们之前给孩子取的名字，反而开始叫他弟嘟。

我们会说这种事情没什么稀奇的，有多少小男孩小女孩，在户籍部门或教堂登记的名字，明明是安娜、苏珊、阿涅斯或是让·克劳德，我们还不是叫他们小鬼头、乖乖、蛋头或皮皮！

绿拇指男孩
Tistou les pouces verts

　　这证明了，大人们呀，根本就不确定我们到底叫什么。别看他们总是一副自以为是的样子，但对我们是从哪里来的、我们为什么会来到这个世界、我们来到这个世界要做什么这些问题，还是懵懵懂懂、一知半解。

　　大人们呀，对什么事情想都不想一下，就满腹成见。成见通常就是一些糟糕透顶的见解。这些成见很久以前就存在，久到没人知道是从谁开始的。虽然快被用烂了，不过因为数量很多，所以不管什么事都可以随便找一个来用。

如果我们出生,只是为了有一天会成为一个和其他人没什么两样的大人,我们的脑袋很容易就会堆满成见。

如果我们来到这个世间,是要完成一件特殊的任务,它需要我们用心去看周遭的一切,那事情就不会那么稀松平常了,成见也就不会留在我们的脑袋里了。它会左耳进,右耳出;它会掉到地上,摔个稀巴烂。

因此我们会让我们的父母,还有那些成见早已根深蒂固的大人,惊慌失措!

以上就是由这个叫弟嘟的小男孩所引发的思考,而我们还没有问过他的意见呢。

2.
介绍弟嘟、他的父母和闪闪发光的房子

弟嘟有一头金黄的鬈发,就像一道道阳光落在地面时,卷成一个个小小的光环。弟嘟有蓝色的大眼睛和粉嫩的双颊。大家常常亲吻他。

因为大人们,特别是那些鼻孔又黑又大、前额又老又皱、耳朵里还长毛的大人,老是想要亲吻双颊粉嫩的小男孩。他们说小男孩都喜欢被亲——这只是他们的成见罢了。其实是大人自己喜欢亲别人,双颊粉嫩的小男孩只是出于好心,要让他们高兴一下罢了。

所有看到弟嘟的人都会惊叫:"哇,好可爱的小男孩!"

但是弟嘟没有因此而沾沾自喜,长得美对他来说是理所当然的事。他很诧异,怎么别的男人、女人和小孩儿,会长得和自己一家不一样呢?

我们得解释一下,因为弟嘟的父母长得都很漂亮,弟嘟看久了,也就以为长得美是理所当然的。对他来说,长得丑反而是例外或不公平的事。

弟嘟的父亲,叫作父亲先生,他有着一头仔细抹上美发油的黑发,身材高大,穿着体面。他的西装领口绝对是一尘不染,而且身上总是散发出古龙水的味道。

母亲太太则有一头轻盈的金发。她的双颊柔软如花,指甲的色泽如玫瑰花瓣,当她走出卧室,身边总是溢满了芳香。

老实说,弟嘟没什么好抱怨的,因为他的父亲先生和母亲太太只有他一个独生子,他享有他们巨大的财富。

所以,现在你们知道了,父亲先生和母亲太太十分有钱。

他们住在一栋很棒的房子里,有好几层楼,还有台阶、走廊、大楼梯、小楼梯、九扇排列整齐的大窗户、带尖顶的小塔楼和环绕房子四周的一座超棒的花园。

每个房间里都铺着又厚又软的地毯,人走在上面静悄悄的,一点儿声音也没有。最了不起的,是可以玩躲猫猫,还有不用穿拖鞋就可以在上面跑来跑去。不过,母亲太太不准这样。她会说:"弟嘟,快去穿拖鞋,你会着凉的!"

但是有大地毯,弟嘟从来没有感冒过。

还有大楼梯的扶手——擦得闪闪发亮的古铜色扶手,呈巨大的S形,像一道金色的闪电,从房子的高处一直延伸到底楼铺着熊皮的地面。

当只有弟嘟一个人的时候,他就骑在扶手上,快速滑下楼来。这个每天早上仆人卡洛吕都会死命擦亮的扶手,成了他的私人滑梯、他的飞毯,以及他的神秘通道。

因为父亲先生和母亲太太酷爱一切会闪闪发亮的东西,大家也就拼命让他们心满意足。

多亏刚才提到的美发油,理发师才能让父亲先生拥有一头人见人羡的闪亮头发。父亲先生的鞋子也是被如此认真地擦上鞋油,每当他走起路来,双脚前面好像会冒出一闪一闪的火花。

母亲太太玫瑰花瓣般的指甲,每天都要用指甲刀磨呀磨,磨到像日出时闪闪发光的十扇小窗。母亲太太的脖子、耳朵、手腕和手指上,戴上了闪闪发光的项链、耳环、手镯以及钻戒。当她晚上去剧院看戏或参加舞会的时候,连夜空的星星都被她比了下去。

仆人卡洛吕用他自己发明的一种粉末,把楼梯扶手擦成尽人皆知的杰作。他也用这种粉末来擦门把手、银烛台、水晶灯饰、装盐装糖的玻璃瓶,以及皮带的环扣。

至于停在车库里的九辆汽车,人们几乎要戴上墨镜才能直视。当这九辆车一起在马路上行驶的时候,行人都会停下来观看,这简直就像是凡尔赛宫的镜厅[①]在出游。

最有文化修养的人会叫着说:"这就是凡尔赛嘛!"

心不在焉的人会脱下他们的帽子,还以为是丧葬车队经过。爱漂亮的人则会利用车门来照镜子补妆。

马厩里有九匹马,一匹比一匹漂亮。星期天有人来拜访的时候,就把那九匹马放在花园,点缀一下湖光山色。马儿大黑会陪着

[①]凡尔赛宫的镜厅又称镜廊,以17面由483块镜片组成的落地镜而得名,是法国凡尔赛宫最奢华、最辉煌的部分。

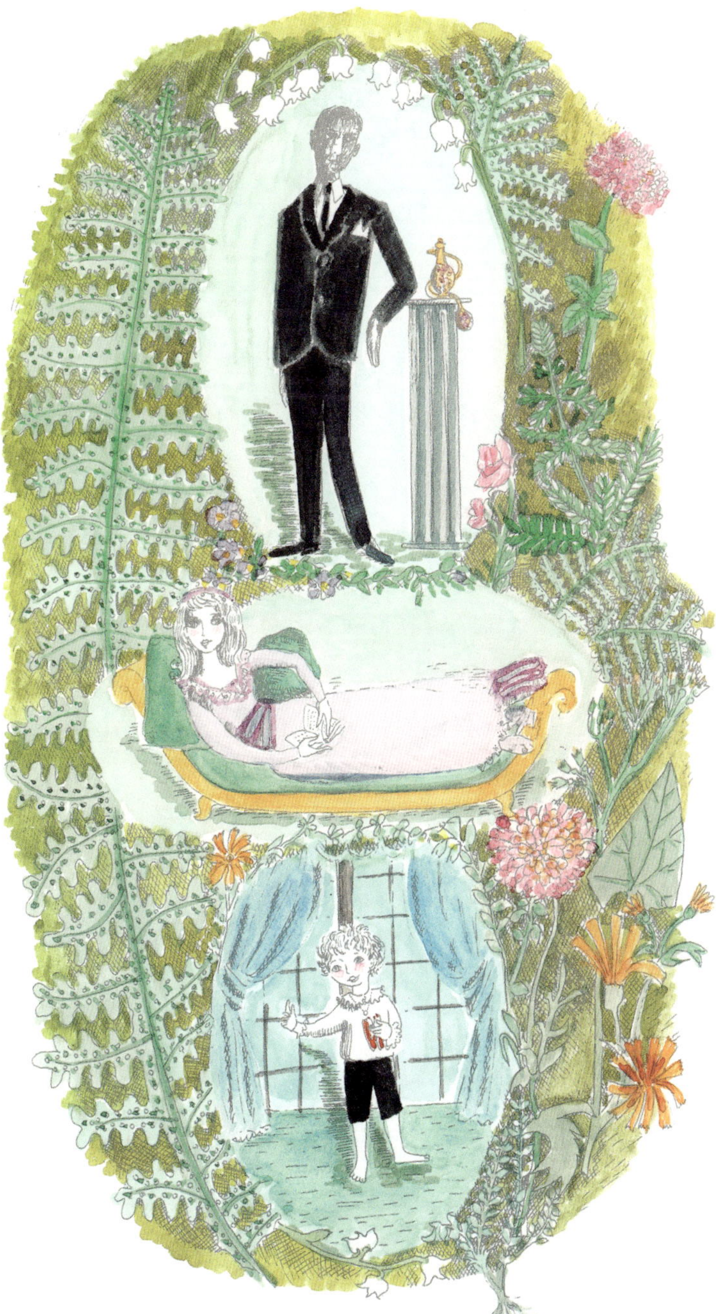

老婆阿美去木兰树下。小马小健会到靠近凉亭的位置。屋子前面的翠绿草坪上则排列着六匹栗马,这是父亲先生养的一种非常罕见的红色品种,也是他最引以为傲的宝贝。

年轻的骑师穿着制服,人手一把刷子,把这匹马刷好了又赶着去刷另一匹,因为这些动物也要闪闪发光才行,特别是星期天的时候。

"我的马儿必须像金银珠宝一样闪亮!"父亲先生这么告诉骑师。

这个阔绰的男人是个好人,所以大家都很愿意服从他。骑师们刷着马儿,往这个方向刷九撮毛,往那个方向刷九撮毛,整整齐齐、服服帖帖,以至于那些栗马的臀部就像是切割完美的巨大红宝石,马鬃和马尾上还编着银色的纸。

弟嘟爱死了这些马。夜晚,他梦见自己睡在马儿中间,睡在马厩金黄色的稻草上;白天,他随时都会去看它们。

他吃巧克力的时候,会小心地留下银纸,把它交给负责照顾小马小健的骑师。因为在所有动物当中,他最疼爱小健。这不难理解,因为弟嘟和小健的身高差不多。

因此，住在闪闪发光的房子里，在光鲜的父亲和芳香的母亲身旁，置身秀美的树木、漂亮的车子及英俊的马儿之间，弟嘟是个非常快乐的孩子。

3.
认识一下米尔宝
和父亲先生的工厂

米尔宝,既是弟嘟出生的城市,也是父亲先生的居住地,更是让他的工厂致富成名的地方。

乍看之下,米尔宝和其他城市没什么两样,有教堂、监狱、军营、烟草店、杂货店和珠宝店。然而,这个和其他城市没什么两样的地方,却闻名遐迩。因为在米尔宝,父亲先生制造的大炮非常抢手,各种口径的大炮:大的、小的、长的、袖珍的、架在轮子上的、火车用的、飞机用的、坦克用的、船用的、可以射到云层上的、可以射到水里面的,甚至有各式各样超级轻巧的大炮,可以背在骡子或骆驼身上,因为有些国家碎石密布,没有马路可以运输。

也就是说，父亲先生是一个大军火商。

弟嘟从懂事开始，就一而再，再而三地听到这样的话："弟嘟，我的孩子，我们的大炮生意很好做。大炮不像雨伞，出太阳的时候没人要；也不像草帽，雨季的时候搁在橱窗里。不管是风吹雨打还是日晒雨淋，我们都可以卖大炮。"

每当弟嘟嚷着肚子不饿的时候，母亲太太就带他到窗户那里，指给他看父亲先生那座宏伟的工厂。工厂在花园尽头很远的地方，比小马小健常待的凉亭还要远一点儿。

母亲太太会让弟嘟去数一数同时冒出烟来的九根大烟囱，然后带他回到餐桌旁，说："弟嘟，喝你的汤，因为你要长大。有一天，你会成为工厂的主人。制造大炮是件很费力的事，我们家族不可以有瘦弱无力的小子。"

没有人会怀疑，有一天弟嘟会接手父亲先生的工厂，正如父亲先生继承了祖父先生的事业一样。祖父先生的肖像挂在客厅的墙上，画里的祖父先生胡子闪闪发光，一只手放在大炮的炮架上。

弟嘟是个乖宝宝，听完母亲太太的话就专心喝他的汤了。

4.
小弟嘟被送去上学，
却又被退学

弟嘟一直到八岁都还不知道有学校的存在，原因是母亲太太希望由她亲自教儿子听说读写及算术的基础。我们必须承认，效果还不错。那些特别的图画书，让弟嘟的脑袋里一出现"B"，就想到豹、表或笔；一出现"P"，就想到螃蟹、苹果、胖子等。至于算术，就用栖息在电线杆上的燕子来练习。弟嘟不仅会加法和减法，甚至还会除法。例如，七只燕子除以两条电线……等于每条电线上有三只半。至于半只燕子怎么栖息在一条电线上，这又是另外一回事了，这是全世界所有的算术都无法解释的！

当弟嘟过完八岁生日，母亲太太认为她的任务已经完成，现

在应该把小弟嘟交给一位真正的老师了。

于是,她给小弟嘟买了格子图案的围兜、合脚的新鞋子、一个书包、有日本漫画人物的黑色铅笔盒、一本大格子的笔记本和一本小格子的笔记本,然后由仆人卡洛吕送到米尔宝非常著名的一所学校。

大家都认为一个穿着这么好看的小男孩——父母既漂亮又有钱,而且已经会把燕子的数目用二和四做除法,他在课堂上的表现也一定很出色。

可是,不说也罢!学校对弟嘟来说,根本就是跌破眼镜的一场灾难。

当黑板上出现一排缓缓而行的字,或是一长串连绵不断的三乘三、五乘五、七乘七,瞌睡虫就在弟嘟的左眼搔搔痒,不一会儿他就打起瞌睡来了。

他当然不笨,也不是懒惰或疲惫,他真的很想上课。

"不要睡着,不要睡着……"弟嘟自言自语着。

只是当他的眼睛盯着黑板,耳朵紧紧跟着老师的声音时,就又开始觉得瞌睡虫在轻轻地搔痒……他想尽办法抵挡睡意,甚至小声唱起了他自己创作的一首美妙的歌：

　　四分之一的燕子

　　是脚掌

　　还是翅膀？

　　如果是蛋糕，

　　我就可以切成四块……

但一点儿用也没有。老师的声音变成摇篮曲,黑板上空的天黑了,天花板对弟嘟说着悄悄话:"喂,喂,来这里,多美的梦!"然后,在学校的课就变成了睡觉课。

"弟嘟!"老师突然大声叫道。

"老师,我不是故意的。"从梦中惊醒的弟嘟回答道。

"这我不管。给我重复一遍,我刚才都讲了些什么?"

"六个蛋糕……除以两只燕子……"

"零分!"

第一天放学回家,弟嘟的口袋里装满了零分。

第二天,他被罚留校两小时,也就是说,他在课堂上多睡了两个小时。

第三天晚上,老师要弟嘟交给他父亲一封信。

父亲先生很痛苦地念着这封信:

> 先生,您的孩子跟别人不一样。我们没办法把他留在学校。

于是,学校把弟嘟交还给了他的父母。

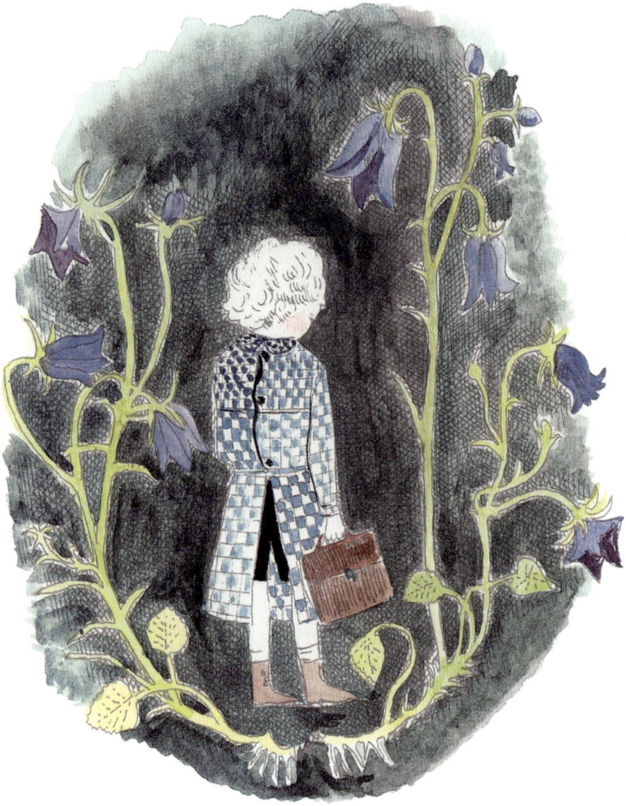

5.
闪闪发光的房子上愁云密布，大家决定为弟嘟实行全新的教育方式

忧愁是一个令人难过的念头。早上一醒来，它就折磨着你的脑袋，然后一整天都死缠着你不放。不管遇到什么，忧愁都能跟着一起溜进房间来，随着风钻进夹缝里，顺着鸟儿的啾啾声到处冲撞，沿着电铃线一路流窜。

这个早上，在米尔宝，忧愁的名字叫作"跟别人不一样"。

太阳迟迟不肯露脸。

"实在是不想叫醒可怜的弟嘟。"它自言自语，"他一睁开眼，就会想起昨天被退学的事情……"

太阳把这里的发电机开小了一点儿，丢出几道虚弱得不能再

虚弱的光芒,还包裹上一层雾气,米尔宝的上空灰蒙蒙的一片。

但是道高一尺,魔高一丈,忧愁总是有办法引人注目。它溜进工厂的大警铃当中。

然后,房子里的每个人都听到了警铃的尖叫:跟别人不一样……样……弟嘟跟别人不一样……样……样……

忧愁也就这么钻进了弟嘟的房间里。

"我该怎么办呢?"弟嘟想。他把头埋进枕头里,却再也睡不着了。他必须承认,在课堂上睡得跟猪一样,在自己的床上却睡不着觉,这还真是令人伤透脑筋!

厨娘艾米莉一边打开煤气炉,一边嘀嘀咕咕:"我们的弟嘟跟别人不一样?说说看他哪里不一样了?他也是两条胳膊两条腿……不是吗?"

仆人卡洛吕一边死命地擦拭楼梯的扶手,一边唠叨个不停:"跟北人不一样,底嘟!告诉偶哪里不一样了,告诉偶呀!"

我们必须在此声明:卡洛吕说话有一点儿外国口音。

在马厩那边,骑师们也小声地议论:"跟别人不一样,这么乖的孩子……你们相信吗?"

绿拇指男孩
Tistou les pouces verts

马儿也跟着人们一起忧愁起来,纯种的栗马显得焦躁不安,乒乒乓乓撞击着马厩的隔板,扯拽着头上的缰绳;三匹白马则鲁莽地撞到了母马阿美的前额。

只有小马小健纹丝不动,气定神闲地吃着草。吃到最后,发现它那一口漂亮的白牙上,竟露出"梅花A"的形状。

但是除了这匹事不关己的小马外,每个人都在想弟嘟该怎么办。

被这个问题困扰最深、最焦虑的,当然是他的父母。

父亲先生虽然还是在镜子前让人抹亮他的头发,却一副了无生趣的样子。

他在想:"原来养一个孩子比造一尊大炮还困难。"

一朵玫瑰放在粉红色的枕头上,母亲太太的一滴眼泪掉进了她的牛奶咖啡里。

"如果他在课堂上睡觉,要怎么教他呢?"她这样问父亲先生。

"心不在焉也不是什么无可救药的病。"他这么回答。

"反正做白日梦没有哮喘那么危险。"母亲太太接着说。

"弟嘟还是得长大成人。"父亲先生说。

忧愁的老妇人　　　　　　　忧愁的病人

忧　愁

忧愁的小鸟

忧愁的富人

忧愁的姑娘　　　　　　　忧愁的孩子们

忧愁的看门人　　忧愁的歌手　　忧愁的厨师　　忧愁的学生

忧愁的先生　　　忧愁的骑师们　　　　忧愁的太太

忧愁的一家人　　　　　　忧愁的马

一番谈话之后,他们都沉默不语了。

"怎么办,怎么办?"他们心里这么想着。

父亲先生是一个做事果断、精力充沛的人,指挥一间大炮工厂使他变得自信坚决;但另一方面,他又很疼自己的儿子。

"这简单。我知道了,弟嘟在学校不学习,好吧,那就不去学校学。既然是一看书本就睡着,好吧,那就不看书。既然跟别人不一样,那我们就在他身上尝试一种全新的教育方式……他可以用直接观察的方式学该学的知识。我们教他认识石头、花园、田野;我们跟他解释城市和工厂是如何运作的,并告诉他那些可以帮助他成为伟人的东西。毕竟,生活本身就是最好的学校。然后,我们再看看成效如何。"

母亲太太欣喜地支持父亲先生的决定。她甚至觉得其他孩子没有机会体验这种令人着迷的教育方式未免有点儿可惜。

对弟嘟而言,再见了,狼吞虎咽的面包片;再见了,拖在地上的书包;再见了,能趴在上面睡觉的课桌,还有塞满口袋的零分。一种新的生活就要开始了。

而太阳也再度放出耀眼的光芒。

6.
弟嘟学种花，被发现有绿拇指

弟嘟戴上草帽要去学种花。父亲先生认为他应该从那里开始体验全新的教育方式。学种花，实际上就是学习认识土地，认识我们脚下所踩的地，它能长出供我们食用的蔬菜和喂动物的草料，这样等动物养大了就能吃掉……

父亲先生语重心长地说："土地，是一切的根本。"

"但愿瞌睡虫不会再来骚扰我！"小弟嘟一边这么想，一边走去上课。

在温室里，园丁翘胡子先生正等待着他的学生，父亲先生已经提前跟翘胡子先生交代过了。

园丁翘胡子先生是个独来独往的老人,话不多,也不太容易亲近。他的鼻孔下面冒出一大撮雪白的"奇特密林"。

翘胡子先生的胡子该怎么形容才好呢?那真是大自然的一个奇迹。寒风呼呼刮起,老园丁肩扛铁锹去花园的时候,你就可以看到这个奇景:简直就像是两团白色的火焰从他鼻子里冒出来,拍打着他的双耳。

弟嘟很喜欢老园丁,但是也有点儿怕他。

"翘胡子先生,早安。"弟嘟一边说着一边掀了掀草帽。

"你来了!"园丁这么回应,"我们来看看你能干点什么吧!这是一堆泥土,这是花盆。你用泥土填满花盆,用拇指在泥土中间戳个洞,把花盆沿着墙壁摆成一排。然后我们再把合适的种子放到洞里面去。"

父亲先生的温室真是很了不起,一点儿也不比房子的其他部分逊色。在闪闪发光的玻璃保护下,一台巨大的暖气让温室里的空气温暖又湿润,含羞草可以在寒冷的冬天绽放花朵;从非洲进口的棕榈树也可以在这里生长;温室里还种了风姿绰约的百合、香气迷人的夜来香及茉莉花,甚至还有既不美又不香的兰花,只

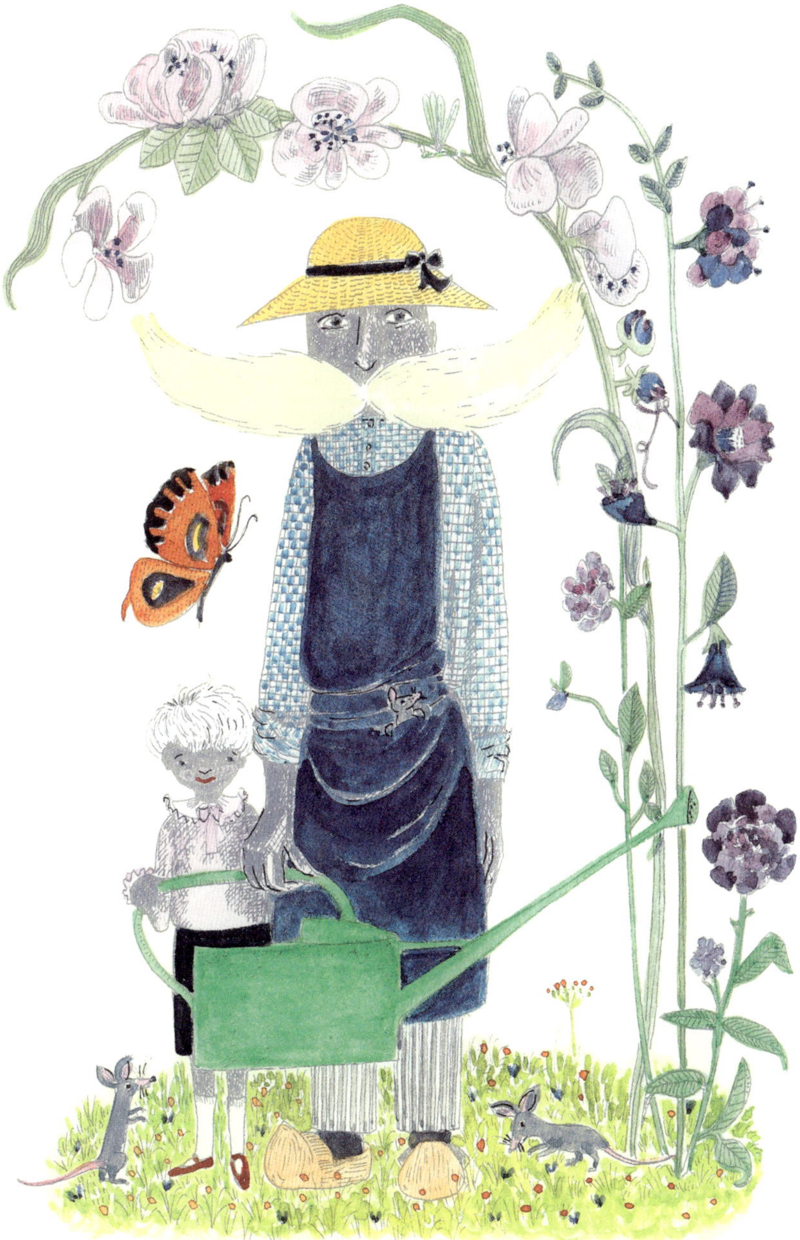

因为它有一种没有用处的优点——稀有。

翘胡子先生是这个地方唯一的主人。当星期天母亲太太带她的朋友来参观温室的时候,穿着新围裙的园丁总是守在门口严阵以待。

只要这些女士中有人胆敢稍微触碰一下这些花,或是闻一闻花香,翘胡子马上就会跳起来制止那个冒失鬼,说:"不可以!难道你想把花给弄死、掐死或是闷死吗?"

当弟嘟开始做翘胡子交代的工作时,他惊讶地发现:这工作不但没有让他睡着,反而让他乐在其中。他觉得泥土很香。一个空花盆,一铲土,用拇指戳一个洞,就大功告成了。接下来,他把花盆沿着墙壁整齐地排列好。

当弟嘟认真干活儿的时候,翘胡子正慢条斯理地巡视着花园。弟嘟这才发现为什么老园丁话这么少,因为该说的话,他都说给花听了。

你们一定可以理解,为了要一一赞美花坛里的每朵玫瑰和灌木里的每枝康乃馨,到了晚上,哪里还会有心情说什么"先生,晚安""太太,祝您胃口好",或有人在你面前打喷嚏时,说一句"保

重"等这些让人称赞你有礼貌的话呢。

翘胡子从一朵花走到另一朵花,为每一朵花的健康忧心忡忡。

"黄玫瑰呀,你还是这么淘气,留着花苞,是想趁没人注意的时候,出其不意地冒出一整片吗?还有你,牵牛花,你还以为自己是什么土霸王吗?竟敢从我的温床逃跑!这是什么态度嘛!"

然后他转向弟嘟,冲他喊:"你今天还是明天可以弄完?"

"老师,您别着急,我只剩下三个花盆了。"弟嘟回答。

他赶紧做完,追上在花园另一头的翘胡子。

"好了,我完成了。"

"好,我们去看看。"老园丁说。

他们慢慢地往回走,因为翘胡子要沿路夸奖一下牡丹花的好气色,还要鼓励一下快变成蓝色的绣球花……突然,他们停了下来,老园丁惊讶得目瞪口呆,不敢相信眼前的一切。

"快看,快看!我是不是在做梦啊?"翘胡子一边揉眼睛一边说,"你看见的和我一样吗?"

"对呀,翘胡子先生。"

就在几步远的地方,所有被弟嘟填满泥土、沿着墙壁排成一排的花盆,都在五分钟的时间里开满了花!

我们要搞清楚,这可不是羞答答的绽放,也不是几株畏畏缩缩、毫无血色的幼苗,完全不是这样!而是在每一个花盆里都大肆绽放着漂亮的秋海棠。它们排列整齐,形成一道厚实的红花丛。

"不可能!"翘胡子说,"至少要两个月,才能开出像这样的秋海棠!"

奇迹就是奇迹!我们先看到了奇迹,然后才试着了解这是怎么一回事。

弟嘟问:"翘胡子先生,既然我们没有放种子,那这些花是从哪里来的呢?"

"怪了……怪了……"翘胡子回答着,然后,他突然用粗糙的双手抓起弟嘟的小手,说,"给我看看你的拇指!"

他仔细地检查弟嘟的手指,从上看,从下看,向着光看,背着光看。

"我的孩子,"他思索一阵后说,"一件出人意料且非比寻常的事发生在你身上。你有绿拇指。"

绿拇指男孩
Tistou les pouces verts

"绿拇指?!"弟嘟惊讶得叫了出来,"我看到我的拇指是粉红色的呀,而且这个时候还脏脏的。它不是绿色的。"

"当然,当然,你不可能看到。"翘胡子接着说,"绿拇指是看不见的,它隐藏在骨子里,也就是我们所说的潜在的天分。只有专家才看得出来。而我就是专家,我可以确定,你有绿拇指。"

"绿拇指可以做什么?"

"哦,这是一个很了不起的优点!"老园丁这么回答,"是上天赐予的天赋!你知道吗,到处都有种子,不只是在土地里,在屋顶上、窗台上、走廊上、栅栏上、墙壁上都有。成千上万的种子就在那里,等着一阵风把它们带到田野或花园里。大多数的时候,它们夹在两颗石头之间,在还没变成花之前就夭折了。但是,如果绿拇指点一下这些种子,不管这些种子在哪里,都会马上开花。你眼前就是一个活生生的例子。你的拇指在泥土里发现了秋海棠的种子,结果就出现了你看到的景象。相信我吧,我很羡慕你。干我这一行的,拥有绿拇指会是件非常有用的事。"

而弟嘟对这一发现并没有欣喜若狂。

"这下大家又要说我跟别人不一样了。"他喃喃地说。

"所以,"翘胡子说,"你最好不要跟任何人提起这件事。干吗要去引起别人的好奇或嫉妒呢?潜在的天分常常会给我们带来麻烦。你有绿拇指,就是这样。好了,你不要对别人说,就把它当作我们之间的秘密吧。"

父亲先生要求弟嘟必须在每堂课结束后,让老师在成绩簿上写下评语,而老园丁翘胡子先生只简单写了这么一句话:

这个孩子在种花方面很有天分。

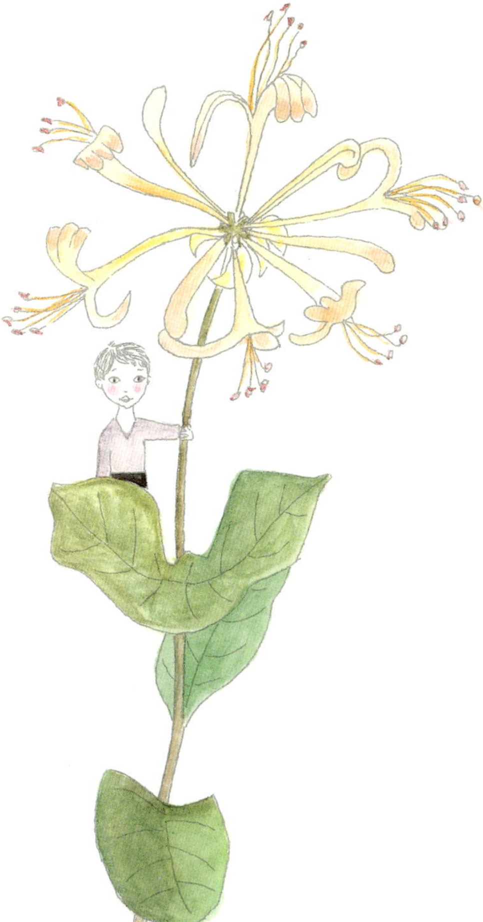

7.
弟嘟被托付给杜纳狄斯先生，跟他学纪律

可能是经常接触大炮的关系，杜纳狄斯先生的脾气十分火暴。

杜纳狄斯先生是父亲先生的心腹，负责监督工厂为数众多的员工，每天早上要一一点名，确定一个没少；还要查看大炮，确定每根炮筒都是笔直的；晚上，他还要检查门锁，而且时常为了核对账目工作到深夜。杜纳狄斯先生是个纪律严明的人。

因此，父亲先生第二天就想到让他接手弟嘟的教育。

"今天，我们要上一堂城市和纪律课！"杜纳狄斯先生站在门厅大声吼叫，好像在对军队训话一样。

绿拇指男孩
Tistou les pouces verts

这里要解释一下,杜纳狄斯先生在进入大炮工厂之前,曾在军队服役,就算他没有发明火药,也知道该怎样使用。

弟嘟沿着扶手滑下楼来。

"请上楼。"杜纳狄斯先生对他说,"然后再从楼梯走下来。"

弟嘟乖乖听话,虽然他觉得爬上爬下很浪费时间,因为他都已经下来了。

"你头上戴的是什么东西?"杜纳狄斯先生问他。

"一顶格子鸭舌帽……"

"那就把它戴正。"

别以为杜纳狄斯先生是个坏人,他其实只是耳朵很红,动不动就爱发脾气罢了。

"我真希望继续跟翘胡子先生学。"弟嘟这么想。

然后他就跟在杜纳狄斯先生的身后,出发了。

"一个城市,"有备而来的杜纳狄斯先生是这样开头的,"正如你所看到的,是由街道、建筑物及住在房子里面的人所构成的。你认为在一个城市里,什么东西最重要?"

"植物园。"弟嘟这样回答。

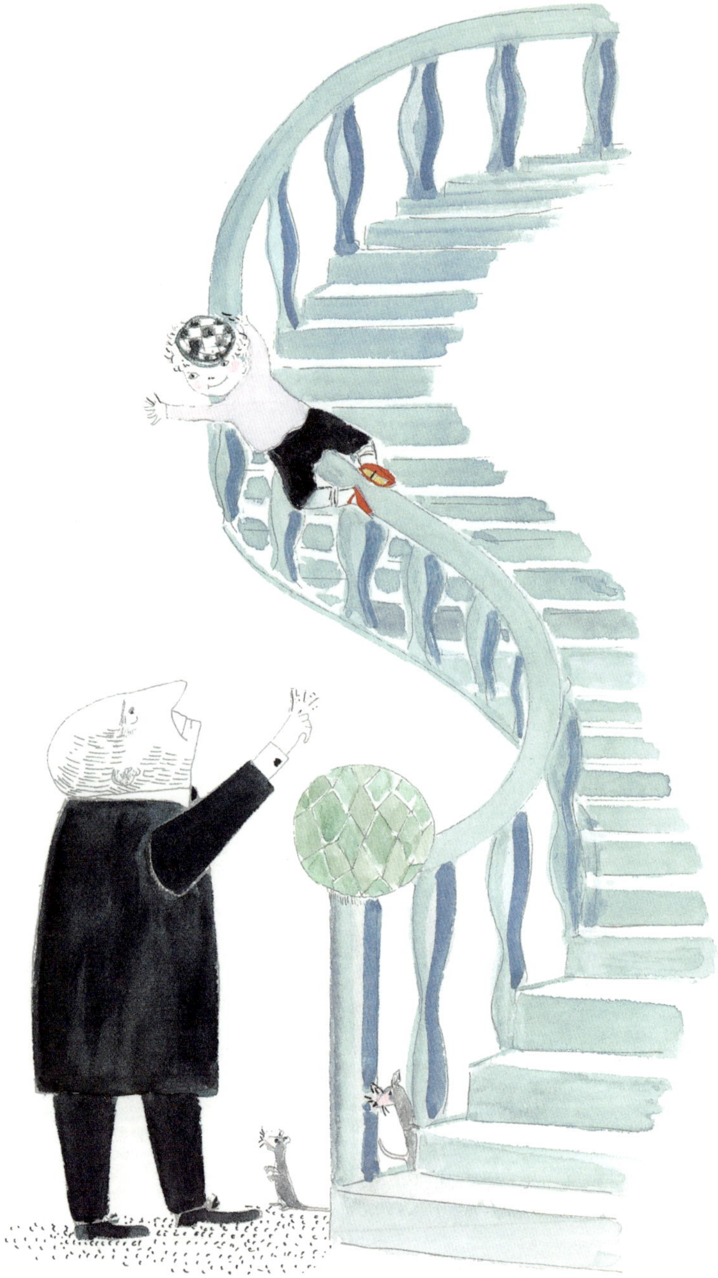

"不对。"杜纳狄斯先生说,"一个城市最重要的是纪律。所以我们首先要去参观维持纪律的建筑物。没有纪律,一个城市,一个国家,一个社会,就只是空谈,随时都会瓦解。纪律是不可或缺的东西。要维持纪律,就必须惩罚违纪者!"

"就算杜纳狄斯先生说得在理,"弟嘟这么想,"但是他为什么要大声吼叫呢?他的嗓门儿还真大。难道说为了维持纪律,就要这样大声嚷嚷吗?"

在米尔宝的大街上,行人纷纷回过头来看他们,这让弟嘟十分尴尬。

"弟嘟,别东张西望,告诉我纪律是什么?"杜纳狄斯先生严厉地问。

"纪律?就是让我们觉得很高兴的东西。"弟嘟说。

杜纳狄斯先生发出了"哼"的一声,耳朵变得比平常还要红。

"我注意到,"弟嘟面不改色地继续说,"就像我的小马小健,当它被刷得干干净净、整整齐齐,而且鬃毛上还编了银纸的时候,它显然就比一身粪便的时候要高兴得多。我也知道,当树木被修剪得一丝不苟的时候,园丁翘胡子先生会对树木微笑。这不就是纪律吗？"

杜纳狄斯先生对这个答案一点儿也不满意,他的耳朵更红了。

"对破坏纪律的人,我们该怎么办？"他问弟嘟。

"当然要惩罚他们。"弟嘟这么回答。破坏纪律,他想到的就是在房间里乱丢拖鞋,或在花园里乱丢玩具。

"我们要把他们关在监狱里,就是这里。"杜纳狄斯先生大手一挥,弟嘟看到一面巨大的灰蒙蒙的墙,墙上连一扇窗户也没有,非常不同寻常的一面墙。

"这就是监狱吗？"弟嘟问。

"正是,纪律的维持就靠这栋建筑物。"

他们沿着墙走,来到了一道高耸的黑色栅栏前。栅栏上布满了尖刺。黑色栅栏的后面,有更多的黑色栅栏；阴森森的墙后面,还有更多阴森森的墙。而所有的墙和栅栏上面,都有扎人的尖刺。

"为什么水泥工人要到处装上这些难看的尖刺呢？"弟嘟问,"这是做什么用的？"

"这是为了防止囚犯逃跑。"

"如果这栋监狱没那么难看,"弟嘟说,"也许他们就不想逃了。"

杜纳狄斯先生的脸颊变得跟耳朵一样红。

"好奇怪的孩子。"他想,"他的教育得全部重新来过才行。"

他又大声地说:"你应该知道,囚犯是凶恶的人。"

"所以我们要把他关在那里,治疗他的凶恶吗?"弟嘟问。

"我们之所以把他关在那里,是要避免他去伤害别人。"

"如果这地方没那么难看,那他一定会好得更快。"弟嘟还是这么说。

"唉!他还真顽固!"杜纳狄斯先生想。

弟嘟在栅栏的后面,瞥见低头不语、绕着圆圈走的囚犯。他们的头发被剃光,穿着条纹的衣服和肥大的鞋子,看起来非常悲惨。

"他们在做什么?"

"这是他们的自由活动时间。"杜纳狄斯先生说。

"天哪!"弟嘟想,"如果这是他们的自由活动时间,那他们的课堂时间又会是什么样子呀!这栋监狱实在太悲惨了!"

他很想哭,回家的路上一句话都没说。杜纳狄斯先生却认为这种沉默不语是个好现象,表示这堂纪律课颇有成效。

但是,在弟嘟的成绩簿上,他还是这样写道:

要多多留意这个孩子,他想得太多了。

国际大奖小说

《绿拇指男孩》导读设计

儿童阅读教师 欧雯

一个孩子,有的时候,他才是我们的老师。

把地球交给孩子吧!

[土耳其]希克梅特 / 著

刘禾 / 译

把地球交给孩子吧,哪怕仅只一天。
如同一只色彩斑斓的气球,
孩子和星星们边玩边唱。
把地球交给孩子吧!
好比一只大苹果,一团温暖的面包,
哪怕就玩一天,让他们不再饥饿。
把地球交给孩子吧!
哪怕仅只一天,让世界学会友爱。
孩子们将从我们手中接过地球,
从此种上永生的树。

出版发行:天津出版传媒集团
　　　　　新蕾出版社
出 版 人:马玉秀
印　　刷:天津新华印务有限公司
版　　次:2022年1月第1版　2024年12月第8次印刷
统一书号:105307·2575
定　　价:0.00元

【延伸活动】

1.情节藤蔓我来找

"我发现一件很了不起的事!花儿阻挡了坏事。"当弟嘟悄悄地对小健说出这句话时,他已经开始了改变世界的神奇之旅。还记得弟嘟用他的绿拇指化解过哪些危机和困境吗?请你一一记录下来吧。

发现绿拇指

第一次使用绿拇指:
弟嘟将监狱变成花园

第五次使用绿拇指:

第二次使用绿拇指:

第四次使用绿拇指:

第三次使用绿拇指:

2.爱的植物我来种

在这本书里,作者提到了许多植物,并且用优美的文字将每一种植物描绘得灵动而出彩。请你记下书中提到的植物名,尝试把它们画出来,还可以选择感兴趣的一到两种植物去深入地研究一下。如果能亲手栽种,那就更好了。在观察植物成长的过程中,写下植物成长日记,你便离"绿拇指"更近了。

3.盛大花景我设计

弟嘟每次使用绿拇指后,作者总能根据植物的自身特征设计出绝妙的花景,将原本或冰冷或残破的地方变得生趣盎然。例如下面这段话:

你发现自己的绿拇指了吗？如果还没找到，先别着急——坚持做你喜欢的事，爱好也会变成才能。

8.在学校里，在生活中，你一定接受过纪律教育，大多数老师和长辈都希望你遵守纪律。然而弟嘟眼中的纪律却是那些让我们觉得很高兴的东西。你赞同弟嘟的观点吗？说说你对纪律的看法。

9.书中有很多大人的成见，恰是这些成见使问题无法解决。你在生活中是否遇到过同样的情况？说说大人对你的成见。比如：对你的爱好不够尊重，老师没弄清情况就下定论……和你的父母聊一聊这些"成见"，听听各自的观点吧！

10.在这个故事的结尾，弟嘟回到了天上。有人说，他完成了天使的使命，将善良与美好带到了人间，是该回到属于他的地方了；也有人说，弟嘟的离去，会让爱他的人难过不已。你对这个结局满意吗？假如让你来为这个故事写一个结局，你会怎样写呢？

11.小健用啃草的方式，将"弟嘟是天使"这个秘密告诉大家，但其实，作者在之前的叙述中对弟嘟的身份早有暗示，你能找到那些"伏笔"埋在哪里吗？

12."我们的确无法抗拒大自然的力量，但是我们可以利用大自然的力量。"你怎么理解这句话？

13.假如你有绿拇指，你想用它来做什么？假如你是弟嘟，你还可以做些什么来改变世界呢？

作者幽默的叙述是这个故事的一大亮点，比如他把两个开战的国家取名为"去吧"和"滚吧"，实在令人忍俊不禁。你还在哪些语言中读到了幽默？找出来读给同学听听吧！有时候，幽默并不只是搞笑，它往往象征着一种睿智、一种深刻。

弟嘟有绿拇指,你们也有。

我们都有,只要我们足够善良和真诚。

【互动话题】

1. 父亲先生让弟嘟融入生活的大课堂,用直接观察的方式学该学的知识。你喜欢这样的学习方式吗?"生活"这位老师曾经教过你什么吗?

2. 在生活的大课堂中,弟嘟得到了老师们写给他的评语。找找书中关于弟嘟的几条评语读一读,并想一想,假如让你来为弟嘟的表现写几句评语,你会怎样写呢?

3. 故事中有两种观点:杜纳狄斯先生认为,一个城市里最重要的是纪律,要维持纪律,就必须惩罚违纪者——把他们关进监狱;而弟嘟认为,监狱了无生趣,怎么可能治疗犯人的凶恶?你更支持谁的观点?

4. 你对"战争"有所了解吗?说说你知道的战争。在这个故事里,"去吧"和"滚吧"为什么开战?弟嘟选择用花代替炮弹来化解这场战争,如果让你来从中调和,你会如何说服两个国家?试试看,和你的同学或父母一起演一演。

5. 绿拇指所向披靡,用花儿化解了恐惧、贫穷、暴力和战争,可唯独一件事情,花儿无能为力,这件事是什么?

6. 翘胡子先生在弟嘟的人生中,仅仅是个教他种花的园丁老师吗?你认为他在弟嘟的生命中起到了什么作用?在你的生命中有这样的人吗?

7. 其实,每个人都有自己潜藏的天分,这些天分就是你的"绿拇指"。

于是,几天之后,一棵巨大的猴面包树在狮子的笼子当中拔地而起,猴子攀藤而飞,睡莲在鳄鱼的池水当中绽放。熊有它的杉树,袋鼠有它的大草原,苍鹭和火烈鸟在芦苇当中悠闲漫步,各种色彩的鸟儿在巨大的茉莉花丛里高歌。米尔宝的动物园变成了全世界最漂亮的动物园。

你的脑海里一定呈现出了一幅美好的花景图,花与动物皆美不胜收。快把它画下来吧,挑战一下画家杰奎琳·杜埃姆,比比谁画得更震撼人心,你也可以画画绿拇指创造出来的其他花景哟!

4.人物描写我来学

作者在描写人物的时候,有许多方法值得我们学习和借鉴。

写弟嘟——

弟嘟有一头金黄的鬈发,就像一道道阳光落在地面时,卷成一个个小小的光环。弟嘟有蓝色的大眼睛和粉嫩的双颊。大家常常亲吻他。

这里作者运用了恰到好处又出其不意的比喻,以动写静,用阳光落地来形容鬈发,妙不可言。

写父母——

弟嘟的父亲………西装领口绝对是一尘不染,而且身上总是散发出古龙水的味道。

当她(母亲太太)走出卧室,身边总是溢满了芳香。

这两处气味的描写,突显出弟嘟父母精致、高雅的气质。

写仆人——

底嘟,溺看,太阳都照到皮股了!

用独特的口音来标识人物特点,使读者印象深刻。语言描写需要符合人物的身份和性格,还要帮助人物表达自己的内心情感。从作者对仆人的父母果断地把他从忧愁中拯救出来。

父亲先生说:"心不在焉也不是什么无可救药的病。"

母亲太太说:"反正做白日梦没有哮喘那么危险。"

弟嘟在学校不学习,好吧,那就不去学校学。既然是一看书本就睡着,好吧,那就不看书。既然跟别人不一样,那我们就在他身上尝试一种全新的教育方式……他可以用直接观察的方式学该学的知识。

这些话语看似在自我安慰,其实何尝不是一种智慧?"生活本身就是最好的学校。"明明可以欣赏更茂密的森林,又何必仅在一棵树下停留?

一位好家长,一定是会反思的家长。当得知城市里一座座花园是出自弟嘟之手,在大炮里散播花种也是弟嘟所为,父亲先生没有生气,而是开始认认真真地思考自己的"成见"。孩子不是成人的缩小版,而是独立的个体,有独立的思想。父母与孩子之间多一份平等与尊重,大人收获的不仅会是孩子健全的人格,更可贵的是一份永久的亲密无间,这难道不是最珍贵的礼物吗?

3.每个孩童都有神奇魔幻的"绿拇指",关键是我们发现了吗?他们各自怀揣不同的天赋,理应是自己生活的主角,不该活在"别人家孩子"的阴影之下。每一个孩子生来都是天使,蹲下来,用与孩子一样认真的姿态,用与孩子一样纯真的目光,试着去打量他们眼中的世界。愿你能成为孩子的翘胡子,带他发现自己的绿拇指。

4.不必担心文中的观点会使大人的权威地位产生动摇,因为大人本就不该是权威,允许孩子以平等身份与你交流,才是亲子关系中正确的姿态。和孩子好好聊一聊,即使观点不同,也没有必要非黑即白分出高下,表达自己的观点很重要,但倾听和理解更重要。

5.最后,请承认孩子的力量。和我一起读读这首诗吧!永远不要小看

【作品赏析】

据说在西方,数字"九"意味着美德与博爱。

《绿拇指男孩》里的这户人家,有着九扇窗、九匹马、九辆车、九根大烟囱……家中的每件东西都处理得闪闪发光,每位成员都干净而漂亮。父亲英俊,母亲优雅,唯一的儿子弟嘟生来便是众星捧月,坐拥全城无人能及的财富。这一家人的生活着实令人羡慕。

然而,不得不说,这仅是我的"成见"。或者说,这是我们大多数人的"成见"——幸福不一定能用金钱来衡量,富人家的孩子也不见得就无忧无虑。比如说,到了上学年龄的弟嘟竟完全无法适应学校的课堂,第一天放学,口袋里装满了零分,脑袋里挤满了忧愁。

按照"成见",也许我们应该建议弟嘟的父母给他请个家庭教师,或是换一所更能激发他兴趣的学校,再或者干脆放弃学业,反正他将来也是要继承家族生意的。

但他的父母没有这样做,而是将他送进了生活的大课堂——去花园学习种花,去工厂和监狱体验纪律,去医院和贫民区感受不一样的生存状态……

生活褪去华丽的外衣,于是病痛、腐朽、黑暗、不公被次第铺陈开来。这些,是全人类共同面临的难题,多少学问精深的成年人费尽心思也没能彻底改变这些状况。于是我们默认了它们存在的合理性,并且习以为常地接受了诸如"监狱就该阴森森""医院就该冷冰冰""一言不合就开打"这样的成见。

在园丁翘胡子发现了弟嘟拥有能够"点物成花"的绿拇指后,这绿拇指仿佛成了弟嘟破除"成见"的有力武器,他和他的绿拇指一发不可收地悄然改变着这个世界——

布满尖刺的栅栏后那些低头不语、绕着圆圈走的囚犯,从此可以在绿意盎然的花园监狱里改造自己;

贫民区里歪歪斜斜拼凑起来的腐朽木板之间那条狭窄泥泞的弯曲小路也从此变成了飘满花香的拍照胜地;

因为病痛对生命麻木绝望的小女孩在整片田野中醒来,她开始了缓慢的移动,对未来再次燃起勃勃期望;

原本已剑拔弩张的"去吧"和"滚吧"两个国家也因大炮里鲜花盛放而放下武器,选择了和平……

在见证这不可思议的孩子用不可思议的绿拇指点化出的一场又一场不可思议的奇迹的同时,故事外的我们胸中那些固执的成见似乎也在一点点地土崩瓦解。每一件看起来不可能实现的事情,都在告诉我们生活本该是什么模样。

我们终于能够明白法国作家莫里斯·德吕翁在自序里的那番话——

"既然美好的情感、自由、公正、和平相较于邪恶的念头、束缚、专制、战争,简言之,善相较于恶更能让人们感受到幸福,那为什么人们不能和谐地生活在善之中呢?"

是呀,孩子总是天生的哲学家,如果我们也能像个孩子一般去思考问题,一切会简单许多,也会离真相和真理近许多。

一读,愿你的心上也开出充满哲思的花。

【写给爸爸妈妈的亲子共读建议】

1.这是一个写给孩子读的童话,但大人读来也会印象深刻。作者笔调诙谐,在温情叙事时不忘对成人社会里莫名其妙的成见做俏皮幽默的调侃。有些句子读来实在是充满哲思,同时又让我们为自己是顽固不化的成年人感到汗颜。

是的,一次共读,就是一次反思,一次成长,一次看见。我们一路走着,长大着,却将生命初始的那份纯真和干净渐渐遗失了,我们变得世俗又市侩,简单而粗暴,令自己都厌烦。

不妨,借着读这本书,好好静下心来,试着和内心的那个自己对话,永远天真,永远好奇,永远善良,永远不要丧失爱的勇气和能力,永远会因为凝望这个世界而热泪盈眶。也许,能够点石成金的绿拇指也会出现在我们成年人的心里。

2."原来养一个孩子比造一尊大炮还难。"相信读到这句话时,身为父母的你一定在频频点头表示赞同。大人如何才能真正理解孩子、问题儿童应该如何去教育引导、怎样从不同的角度看待问题……这些看似是育儿书籍才能解答的疑问,其实在这本书里都有答案。

我们可以向弟嘟的父母学习什么?

当弟嘟实在无法适应学校生活时,这对伟大的

描写中,我们可以感受到他对弟嘟的宠爱。

写翘胡子先生——

翘胡子先生的胡子该怎么形容才好呢?那真是大自然的一个奇迹。寒风呼呼刮起,老园丁肩扛铁锹去花园的时候,你就可以看到这个奇景:简直就像是两团白色的火焰从他鼻子里冒出来,拍打着他的双耳。

比喻和夸张的运用使得老园丁的形象跃然纸上,又兼具幽默,读来令人觉得趣味盎然。

你也来试试吧!

写小马小健——

写杜纳狄斯先生——

5.哲思花瓣我来摘

对我们不了解的东西生气是很危险的。

有时候会突然出现一位先生,揭示一个未知的事物。我们总是先对他嗤之以鼻,有时甚至把他打入黑牢,因为他违反了杜纳狄斯先生所说的"纪律"。等到他死了以后,我们才发现他说的原来是真的,于是我们就为他竖起一座雕像。这种人就是我们所说的天才。

医学没有办法医治一颗哀伤的心。要想让它好起来,必须要有活下去的希望。

作者不仅是个驾驭语言文字的高手,还是位生活的智者,你瞧,这些句子仿佛能说出我们不能用言语表达的感受。

在阅读这个故事的过程中,你一定也会被这样的"金句"打动,那么,摘录下那些说到你心坎上的话语,或者能启发你有所思考的话语,时常读该如何描述我阅读这个故事时的心情呢?

读着读着,我有些羞愧——大人的成见早已根深蒂固。

读着读着,我心生敬意——纪律?就是让我们觉得很高兴的东西。

读着读着,我雀跃欢呼——我们的确无法抗拒大自然的力量,但是我们可以利用大自然的力量!

读着读着,我掩卷沉思——如果这栋监狱没那么难看,也许他们就不想逃了。

读着读着,我难掩悲伤——然后弟嘟永远消失在这个看不见的世界里,这个连写故事的人都不知道的地方。

读着读着,我想起了你们——亲爱的孩子们。又或者说,我想起了曾经如你们一般大的我——小时候,我也总是用新奇和炽热的目光打量这个世界,执着地相信没有什么是真善美不可改变和感化的。还是孩子的那个我,是那样地热爱着生活的百般姿态,像一朵向日葵般永远朝着温暖和光明张望。

读着读着,我又想起了《小王子》。小王子与弟嘟何其相似,他们一样拥有着一颗热烈而真挚的心,他们一样清澈似水,美如初生。小王子的眼睛看得懂被误会多年的画,弟嘟的纯真善良让大人们渐渐抛弃成见,这荒凉贫瘠的人世因为有了他们,才焕发出持续而旺盛的生命力。

不染尘埃的小王子最终回到了他的 B612 星球,而点物成花的弟嘟也在园丁翘胡子去世后攀上长长的梯子回到了天上。他们来过,又离开。但一定有什么,是他们留下的,留给我们的。

我想,在读过这个故事之后,能让这个世界重拾善意的,一定不仅是弟嘟的绿拇指,还有你们对童年的承诺,对生命的善待,对幸福的追求。

弟嘟是天使。你们也是。

8.
弟嘟做了一个恐怖的梦，以及由此产生的后果

的确，弟嘟真的是想太多了，连睡觉的时候都在想。

上完纪律课的那个晚上，他做了一个很恐怖的梦。当然，这只是梦，没有必要大惊小怪。可是我们没办法不做梦。

弟嘟在他的睡梦中看到小马小健被剃得光光的，在阴森巨大的围墙里面，绕着圆圈走。它后面的纯种栗马头也被剃得精光，身上穿着条纹囚衣，脚上套着滑稽可笑的皮靴，步伐沉重，拖拖拉拉地一直在绕着圆圈走。突然，小马小健东看看西看看，确定没人注意的时候，一跃而起想跳过栅栏，却被卡在巨大的铁刺上，动弹不得。它在空中蹬着四只蹄子，可怜兮兮地哀号着……

弟嘟从梦中惊醒,额头冒汗,心狂跳不止。

"还好,这只是梦。"他想了一下,"小健在马厩里,那些纯种马也是。"

但是他再也无法入睡了。

"这对马来说已经够凄惨了,更何况是人!"他在想,"为什么要让这些可怜的囚犯看起来如此难看?他们并不会因此而改过自新呀。如果人家把我关在那里,就算我什么坏事也没做,迟早我也会变得非常凶恶。我们可以做些什么,让他们不那么可怜呢?"

他听到米尔宝的钟声敲响了十一下,然后是午夜。他还在思考。

突然,一个主意从他的脑袋里冒了出来。

"如果我们让那里到处开满鲜花呢?那样纪律看起来就没那么丑陋,囚犯或许会比较听话。如果试试我的绿拇指呢?我可以跟杜纳狄斯先生说说……"

但是他马上想到杜纳狄斯先生会变得满脸通红,也想起了翘胡子先生的劝告:不要把他有绿拇指的事说出去。

"我必须自己一个人做,不能让别人知道。"

一旦脑袋里的想法转化成决心后,弟嘟就非完成不可,否则他会觉得良心不安,连觉也睡不好。

他下了床,开始找拖鞋。一只藏在衣橱下面,另一只呢……另一只正在窗子的把手上嘲笑他呢。这就是乱扔拖鞋的下场!

弟嘟溜出房间,厚厚的地毯让人听不到他的脚步声。他轻轻地走到楼梯扶手那儿,趴在扶手上滑下楼去。

外面,是一轮圆滚滚的月亮,它吸满了清新的空气,两颊鼓鼓的。

这样的月色,很适合在夜晚出来散步。月亮一看到在草地中央站着的、身穿白色长睡衣的弟嘟,就赶紧拿起手边的一片云,把自己磨亮抛光。

它在想:"我要仔细留意这个小男孩,要不然他可能会一个跟头摔到水沟里去。"

月亮再度出现的时候,闪亮无比,它还通知银河系里的所有星星,要放出最耀眼的光芒。

因此,受到月亮和星星呵护的弟嘟,在无人的小径上半走半跑,轻轻松松地到达了监狱。

我们可以理解弟嘟的兴奋与不安,这毕竟是他第一次行动。

"但愿我的绿拇指行得通!但愿翘胡子先生没有弄错!"

弟嘟到处点他的拇指,在墙根的泥土里、在石头间的缝隙里、在每根栅栏的底部。他非常认真地做,既没有忘记大门入口的门锁,也没有遗漏警卫睡觉的岗亭。

大功告成之后,他回到家,倒头就睡着了。

第二天早上,仆人卡洛吕费了好大的力气才把他摇醒。

"底嘟,溺看,太阳都照到皮股了!"

我们之前说过,仆人卡洛吕有一点儿外国口音。

弟嘟吞吞吐吐地想问一个问题,但又不敢问。不过,他没等太久就知道他大胆之举的结果了。

因为监狱……天哪,就算杜纳狄斯先生在米尔宝的中心广场开炮,都没这次行动来得响亮。想想看,整个城市在这样的奇迹面前,会有多么惊慌失措!想想看,米尔宝人(也就是住在米尔宝的居民)发现他们的监狱变成了花之城堡、奇幻之宫,会有多么震惊!

在十点之前,全城所有的人都知道了这个令人难以置信的消

息。中午,大家齐聚在铺满玫瑰的巨大城墙及变成绿篱的栅栏前。

监狱的每一扇窗户,每一道栅栏,都有花儿的足迹!藤蔓到处攀爬、缠绕、下垂,仙人掌取代了墙顶恐怖的铁刺。

最奇怪的或许还是岗亭那里,因为忍冬长得实在太快了,把警卫弄得动弹不得。植物爬上他的步枪,把岗亭的入口都塞满了。目瞪口呆的人群,出神地看着这个心平气和的警卫在树棚下悠然自得地抽着他的烟斗。

没有人能解释这个奇迹,没有人——当然,除了园丁翘胡子先生,他也来观看这个奇景,然后什么也没说就离开了。

但是,下午,当弟嘟戴上草帽,到他那里继续学种花的时候,翘胡子先生一看到他就说:"是你嘛!不错,监狱那一招实在不错。以第一次出手来说,算是很漂亮的一击。"

弟嘟有点儿不好意思。

"翘胡子先生,没有您,我永远都不会知道我有绿拇指。"弟嘟感激地说。

但是翘胡子先生一点儿也不喜欢人家这样扭扭捏捏。

"好了,好了。"他回答,"不过你用的忍冬太多了,马兜铃也要

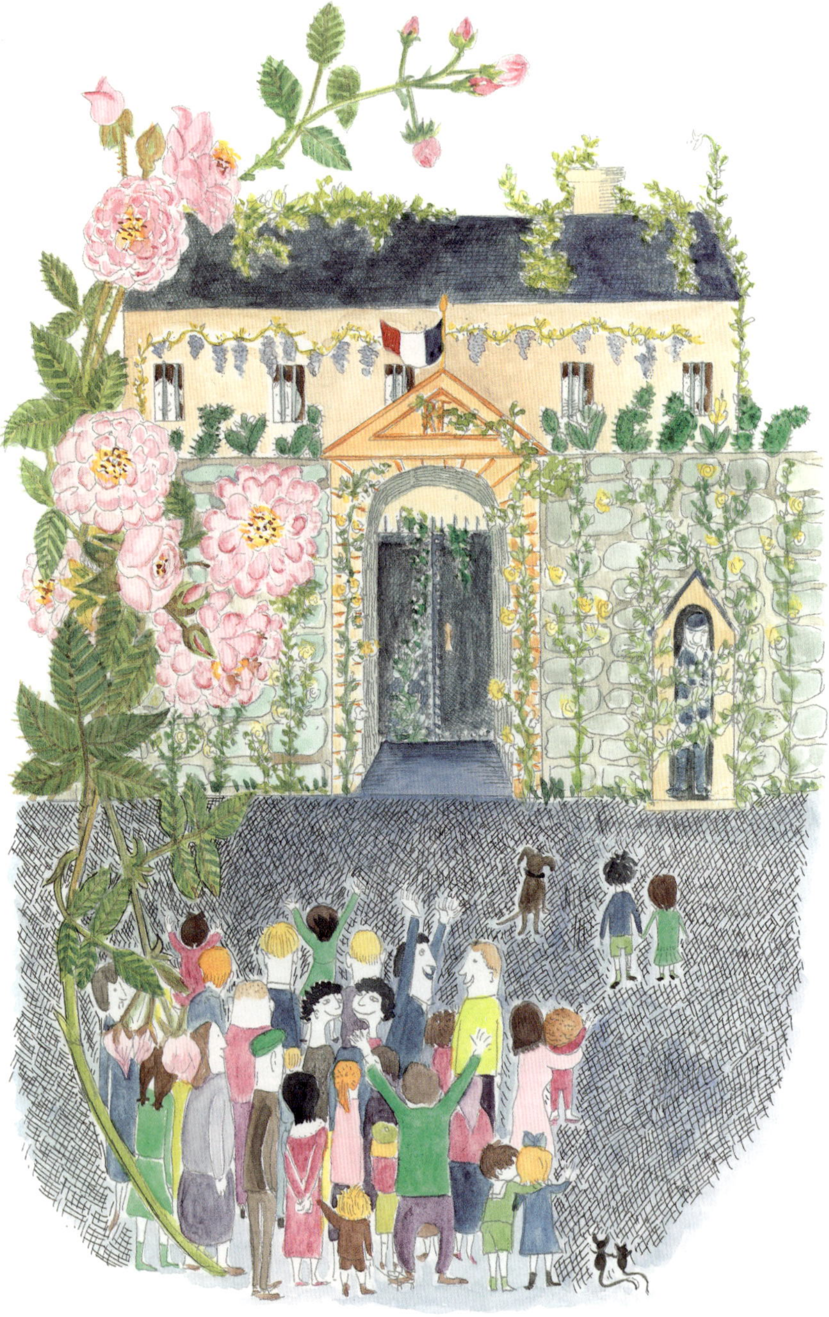

节制一下。这种攀爬类的植物长得很好,但是叶子的颜色太深了。下次可以多用一些牵牛花,这样就会让色调更加明快。"

就这样,翘胡子先生就成了弟嘟的秘密顾问。

9.
学者们一无所获，
而弟嘟却有了新发现

大人们总是喜欢无所不用其极地解释无法解释的事情。

出乎他们意料的事情会让他们恼羞成怒，而且，只要在这个世界上发现了新事物，他们就会拼命想要证明这件事跟某件他们已经知道的事很雷同。

当一座火山如一根香烟烧到最后那样平静地熄灭了，马上就会有一群戴着眼镜的学者专家，往火山口探头探脑，用耳朵听一听，用鼻子嗅一嗅，用绳子爬下去，刮伤自己的膝盖，再爬上来；用试管装一些空气，画几幅图，写几本书，为了不同的看法，彼此争来吵去。他们才不会说："这座火山不再冒烟了，一定是鼻子给塞

住了。"

到头来他们有没有告诉我们火山熄灭是怎么回事呢？

米尔宝监狱发生的怪事，让大人们又可以趁机大肆骚动一番。记者和摄影师因为职业的关系，最先抵达，他们马上就占据了小圣贞及大使旅馆所有的房间——整个城市也仅有这一家旅馆。

然后，学者专家（我们称之为植物学家）从各地，坐火车、飞机、计程车，甚至有些骑脚踏车蜂拥而来，他们忙着把花切成四块，帮它们取难念的名字，将它们在吸墨纸上弄干，然后观察在多长时间内这些花会褪色。

他们的工作需要做许多许多的研究。

当植物学家聚集起来的时候，他们就会开大会。现在，米尔宝就有一场植物学家的会议。虽然花有无数种，但是我们知道的植物学家只有三种：杰出的植物学家、著名的植物学家和优秀的植物学家。他们彼此打招呼时是这么称呼对方的："某某大师""某某教授先生""某某尊敬的同事"等。

旅馆已经被记者和摄影师占满了，要他们让出来是不可能的，所以植物学家只好在中心广场上搭帐篷。说来还真像个马戏团,但实际上并没有马戏团那么好玩儿。

弟嘟很焦虑。

"如果有人发现是我做的,"他偷偷跟翘胡子先生说,"那可就惨了!"

"别担心。"园丁回答,"这些家伙连花都不会种,他们不可能找到什么东西的,否则我的胡子就剪下来给你!"

事实上,一个星期过后,虽然学者专家用放大镜一一检查了每朵花、每片叶子,但还是一无所获。必须承认的是,监狱的花和平常的花没什么两样,唯一诡异的地方是这些花竟然在一夜之间冒了出来。学者们开始争吵不休,相互指责对方无知、说谎、故弄玄虚。这次,他们的帐篷真的很像马戏团。

但是会议总要以一份宣言来做结束,所以植物学家最后也草拟了一份宣言,里面到处是拉丁文,根本是有意要让人摸不着头脑。他们提到了特殊的大气条件、小鸟抛下的种子、监狱墙壁下特别肥沃的土壤,甚至提到了米尔宝的狗对这面墙的某种使用方式。然后他们前往另外一个国家,在那里,有人发现了一种无核樱桃。而弟嘟呀,他终于可以放心了。

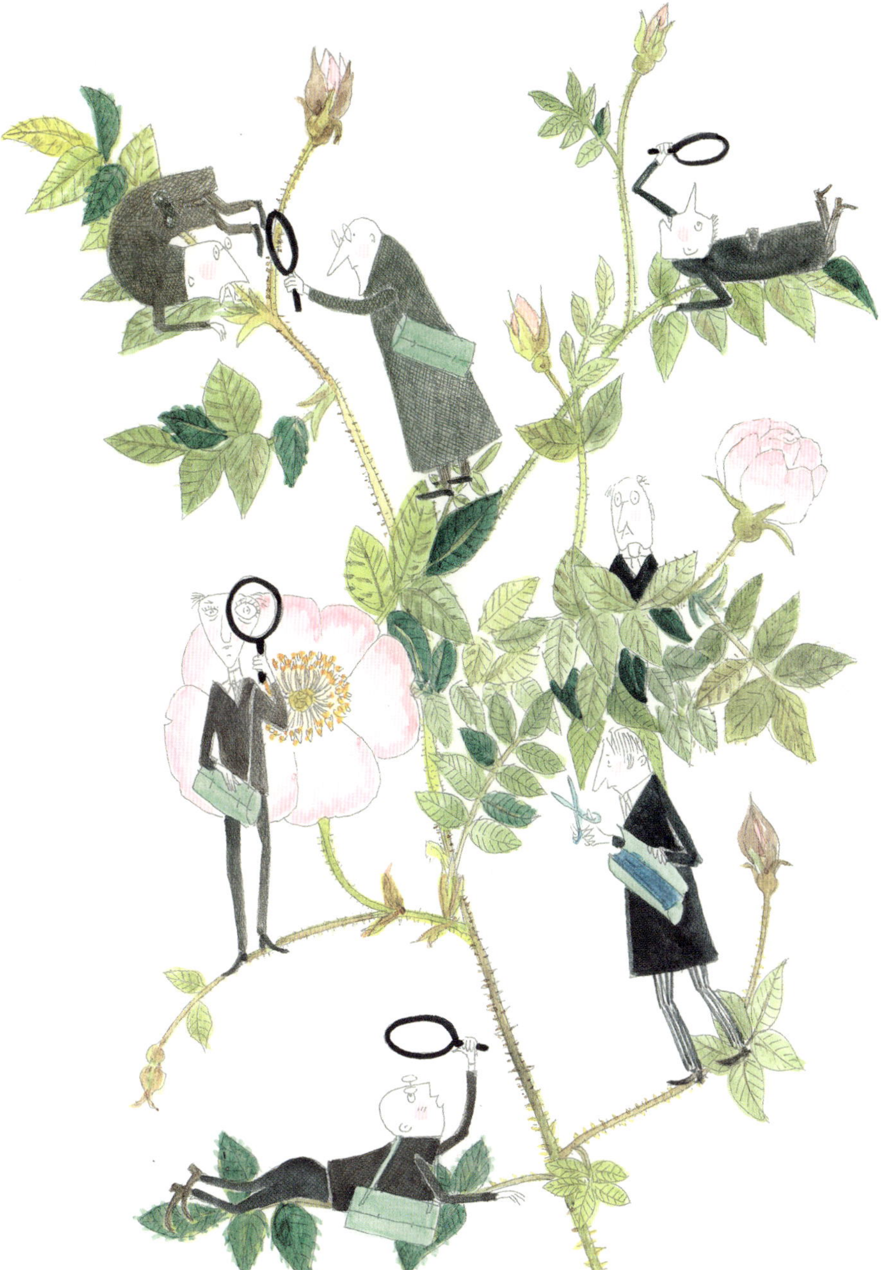

这整个故事中的主角囚犯呢？你们一定很想知道囚犯是怎么想的。

要知道，植物学家的惊奇、吵闹、兴奋，跟囚犯的惊叹比起来，实在是不值一提。

因为在他们的牢房里，再也看不到栅栏、铁丝网和墙上的尖刺，他们也就忘记了要越狱。脾气不好的人不再批评东批评西，只想要愉快地看着四周；恶毒的人也不至于动不动就不爽要找人打架。长在门锁里的忍冬使得门无法关上，但刑满释放的人也不想走了，他们开始喜欢上了种花。

米尔宝的监狱成了全世界的模范典型。

这些人当中，谁最高兴？当然是弟嘟，他窃喜自己的成功。

但是保住秘密实在是件很累人的事。

当我们高兴的时候，我们会想要说出来，甚至大叫出来。但是，翘胡子先生不可能老是在那里倾听弟嘟的心里话，所以当弟嘟再也藏不住自己的心事时，他就去说给小马小健听。

小健的耳朵有一层很漂亮的米色绒毛，嘴唇碰到的时候会感到非常柔软、舒服。弟嘟经过时，通常都会跟它说几句悄悄话。

"小健,仔细听我说,不可以告诉别人哟!"有一天早上,弟嘟在草地上碰到小健,对它说道。

小健抖动了一下耳朵。

"我发现一件很了不起的事!"弟嘟悄悄地说,"花儿阻挡了坏事。"

10.
弟嘟再跟杜纳狄斯先生学贫穷

要有异乎寻常的事件发生,我们才会给小朋友放假。开满花的监狱,当然会造成一阵轰动,但是我们很快就不再大惊小怪,甚至觉得一面阴森森的墙突然长出巨大的花叶,也没什么了不起的。

不管面对什么情况,我们都很容易习以为常,即使是对最不寻常的事情也是如此。

对父亲先生及母亲太太来说,弟嘟的教育很快又成为他们最担心的事。

"我觉得现在应该要让他了解一下什么是贫穷了。"父亲先生

说道。

"然后,我们还要教他什么是疾病,让他多加注意自己的身体。"母亲太太说。

"杜纳狄斯先生已经给他上了一堂很棒的纪律课,不如贫穷课也请他代劳好了。"

于是,第二天,在杜纳狄斯先生的带领下,弟嘟了解到了贫民区里的贫穷。

为了这次参观,家人劝弟嘟戴上他那顶旧旧的蓝色贝雷帽。

杜纳狄斯先生扯开了大嗓门儿跟弟嘟解释,贫民区在城市的边缘。

"贫民区实在是一大祸患。"他大声说。

"什么是祸患?"弟嘟问。

"祸患就是会影响到很多人的坏事,一件非常严重的事。"

杜纳狄斯先生无须再过多解释,弟嘟就已经开始搓他的拇指了。

但是,等待他的这个地方,看起来比监狱还要糟糕。在歪歪斜斜拼凑起来的腐朽木板之间,是狭窄、泥泞、发臭的弯曲小路。那些用木板搭起来、看似小屋的建筑,上面到处是坑洞,有一点儿风就摇来晃去,一副随时要倒塌的样子。大门更是东补一块厚纸板,西补一块罐头锈铁皮的。

在富裕又干净、每个早上都要清扫的石块砌成的城市旁边,贫民区就像是另外一个城市,它的丑陋简直是前者的奇耻大辱。在这里,没有路灯,没有人行道,没有商店,也没有市政府的洒水车。

"只要有一点儿草皮,就能让这些路看起来比较美观;有大量的牵牛花,就能支撑这些快要倒塌的破房子。"弟嘟一边想着,一边用拇指在前面摸索着他所碰到的丑陋事物。

在这些破房子里面住的人太多了,挤都快挤不下了。不用说,这些人的脸色当然是很难看了。"挤在这样没有灯光的地方,脸色怎么会不苍白……就好像翘胡子先生在地窖里面种的菊苣一样。如果别人对我就像对待菊苣一样,我也会很不快乐。"

弟嘟决定在天窗的附近种一些天竺葵,让破房子里的孩子们也能看到一点儿色彩。

"为什么这些人住在这种兔窝里?"他突然这么问。

"还用说,当然是因为他们没有别的房子可以住。什么笨问题!"杜纳狄斯先生回答。

"为什么他们没有房子住?"

"因为他们没有工作。"

"为什么他们没有工作?"

"因为他们很倒霉。"

"所以,他们就一无所有?"

"弟嘟,这就是贫穷。"

"至少,明天他们就会有一些花。"弟嘟想。

他看到一个男人在打一个女人,一个小孩子边跑边哭。

"贫穷是不是会使人变坏?"弟嘟问。

"通常是如此。"杜纳狄斯先生这么回答,然后开始扯起大嗓门儿,说些令人恐惧的字眼儿。

根据他的说法,贫穷有点儿像是一只恐怖的黑母鸡,怒目尖嘴,两翅遮天,而且不断孵出更恐怖的小鸡群。

杜纳狄斯先生甚至知道每只小鸡的名字:有扒手鸡,专门偷钱包和撬保险箱;有醉鸡,到处骗酒喝,然后醉生梦死;有恶鸡,专干些伤风败俗的事;有罪鸡,持刀或枪械;有革命鸡,可能是一窝鸡里面最坏的一种……

当然,所有这些鸡都该被打入黑牢。

"弟嘟!你没在听我说。"杜纳狄斯先生大吼一声,"你的手别

到处乱摸那些脏东西!这是什么坏习惯,这样子东摸摸西摸摸的!还不把你的手套戴起来?"

"我忘了带手套来。"弟嘟说。

"继续我们的课。要对抗贫穷和它的恶果,我们需要什么呢?想一想……需要纪……纪……"

"哦,对了!"弟嘟说,"或许需要金子。"

"不对,是纪律!"

弟嘟沉默了一会儿，他看起来并不信服。等他思考完毕，他说："杜纳狄斯先生，您说的'纪律'，您确定是存在的吗？我怎么不觉得呢？"

杜纳狄斯先生的耳朵变得很红很红，红到不像耳朵，像番茄。

"因为如果纪律存在，"弟嘟语气坚定地继续说，"就不会有贫穷了。"

弟嘟这天的成绩一点儿也不出色。杜纳狄斯先生在成绩簿上写道：

> 这个孩子不专心又好争辩。他那仁慈宽厚的心，会让他失去现实感。

但是，第二天……你们已经猜到了。第二天，米尔宝的报纸纷纷报道了这次名副其实的牵牛花的海洋。翘胡子先生的建议得到了采纳。

七彩的拱门遮住了丑陋的破房子，一排排的天竺葵镶嵌着绿油油的小路。这些本来没人敢接近的、不堪入目的贫民区，变成了城市里最美的区域。人们去那里就像去参观博物馆一样。

居民们决定要好好利用这个地方。他们设置了一道旋转门，

让人买票进来。接着,一些行业应运而生,像看门人、导游、卖明信片的小商贩和摄影师……

财富滚滚而来。

为了用好这笔财富,人们决定在绿叶中盖一栋有九百九十九个房间的公寓,每个房间都配有电动设备,让以前住在破房子里的人可以住得很舒服。因为盖这样一栋公寓需要很多人,所以那些没工作的人也有了新工作。

翘胡子先生一见面就开始称赞弟嘟。

"你呀,太厉害了!太棒了!贫民区那次真好,只可惜少了点芳香。下次记得用茉莉花。它爬得很快,味道又很香。"

弟嘟保证下次会更精彩。

11.
弟嘟决定帮助莫迪维医生

弟嘟是在参观医院的时候,认识了这个生病的小女孩。

父亲先生的慷慨解囊,让米尔宝的医院优美宽敞、一尘不染,医生护士照顾病人也无微不至。宽大的窗户让阳光可以照射进来,墙壁既白又亮,弟嘟一点儿也不觉得医院丑。但是,他却觉得……该怎么说呢?他觉得那里藏着某种悲伤的东西。

负责管理医院的莫迪维医生是个仁慈且医术高明的人,这个我们一眼就看得出来。弟嘟觉得他有点儿像园丁翘胡子先生,可以说是一个没有翘胡子又戴着大框玳瑁眼镜的翘胡子先生。弟嘟这么告诉他。

莫迪维医生回答他:"或许,我们之所以看起来很像,是因为翘胡子先生和我一样,都在照顾生命。翘胡子先生照顾花草的生命,而我照顾人的生命。"

但是照顾人的生命要困难得多,弟嘟听着莫迪维医生的话,马上就有了这种体会。作为一名医生,就要不断地投入战斗。因为一边是疾病,随时等着入侵人体;另一边是健康,随时可能远去。何况疾病有成千上万种,而健康却只有一种。疾病戴着各式各样的面具,让人无法辨识,就像狂欢节一样令人眼花缭乱。因此对疾病必须尽早觉察,阻止它,驱赶它;同时又要吸引健康,紧紧抓住它,不让它跑掉。

"弟嘟,你以前生过病吗?"莫迪维医生问。

"没有,从来没有。"

"真的?"

的确,莫迪维医生想起从来没有人请他去看过弟嘟。母亲太太常常头痛;父亲先生有时候会胃痛;仆人卡洛吕去年冬天得了支气管炎;而弟嘟,什么病都没有。这个孩子从出生到现在,从来没有长过一颗水痘,扁桃体没有发过炎,甚至连感冒也没得过,是个罕见的健康例子,一个十分异常的例子。

"我要谢谢您教我这些,的确很有意思。"弟嘟说。

莫迪维医生给弟嘟看了一个房间,那里准备了治咳嗽的粉红色小药丸、治水痘的黄色药膏和治高烧的白色粉末;他又指给他看另一个房间,在那里可以看透一个人的身体,就像从一扇窗子看出去一样,让我们可以看到疾病藏在哪里;还有天花板上装有镜子的房间,在那里可以治疗盲肠炎,以及许许多多威胁生命的疾病。

"既然这里阻挡住了痛苦的脚步,一切看起来都应该很愉悦、很快乐才对。"弟嘟这么想着,"那么,这股忧伤的气息,到底是藏在什么地方呢?"

医生打开一个房间,里面住着一个生病的小女孩。

"我先离开一会儿,弟嘟,等一下你到我的办公室找我。"莫迪维医生交代说。

弟嘟进了房间。

"你好。"弟嘟对那个生病的小女孩说。

他觉得她很可爱,年纪虽然和自己差不多,但是脸色很苍白,

黑色的头发散落在枕头上。

"你好。"她没有转过头,只是很客气地回答他。

她的眼睛一直盯着天花板。

弟嘟坐在床边,把他的帽子放在膝盖上。

"莫迪维医生跟我说你的腿不能走路。到这里以后,有没有好一些呢?"

"没有。"小女孩还是那么有礼貌地回答,"不过这也没什么关系。"

"为什么?"弟嘟问。

"反正我也没有地方可去。"

"我有一座花园。"弟嘟想了想说。

"你很幸运。如果我也有一座花园,或许我会期待康复,期待去那里散散步。"

弟嘟马上看看自己的拇指:"如果这能让她高兴……"

他又问:"你会不会觉得很无聊?"

"不会。我看着天花板,数着天花板里的裂缝。"

"有花会更好。"弟嘟这么想着,心里就开始默念,"虞美人,虞美人!毛茛,小雏菊,黄水仙!"

种子如果不是沾在弟嘟的鞋底上进来的,想必就是从窗子进来的。

"至少,你并不是很不幸吧?"

"要知道我们是不是很不幸,"小女孩回答,"就必须知道什么叫快乐。而我,一生下来就生病了。"

弟嘟终于明白,医院的忧伤就隐藏在这个房间里,在这个小女孩的脑袋里。他自己也马上变得忧伤起来了。

"有人来看你吗?"

"很多。早上,在早餐之前,温度计姐姐来看我;然后是莫迪维医生,他人很好,对我总是轻声细语,还会给我水果糖吃;午餐时间,就轮到药丸姐姐了;到下午吃点心的时候,痛死人的打针姐姐会来看我;再后来是一个一身白衣服的先生,他会对我说我的腿好多了,他用绳子绑住我的腿,好让我的腿动一动。他们所有的人都说我会好起来。但是我只看天花板,至少它不会对我说谎。"

在她说话的时候,弟嘟兴奋地站起身来,围着病床忙活起来。

"要让这个小女孩好起来,毫无疑问,得先让她对未来有所憧憬。"他在想,"一朵花,它的绽放和其中呈现惊喜的方式,一定能够帮到她。一朵花的成长真是一个谜,而且每天早上都会有新的谜题。第一天,它的花蕾微微开启,第二天,一片小青蛙般的绿叶舒展开来,之后,它又摊开一片花瓣……每天都有可期待的惊喜,或许会让这个小女孩忘记她的病……"

弟嘟的拇指跃跃欲试。

"我相信你会好起来的。"他说。

"你也这么认为?"

"没错,我向你保证。再见。"

"再见。"生病的小女孩有礼貌地回答,"你真幸运,能拥有一座花园。"

莫迪维医生在他堆满书的大书桌后面等着弟嘟。

"弟嘟呀,"他问,"你今天都学到了什么?你对医学有什么了解?"

"我所学到的是,"弟嘟回答,"医学没有办法医治一颗哀伤的心。要想让它好起来,必须要有活下去的希望。医生,有没有什么药丸,可以让人重拾希望?"

莫迪维医生很诧异,一个这么小的男孩竟有如此的智慧。

"你学会了作为一名医生必须要知道的第一件事。"他说。

"那第二件事呢,医生?"

"要想治病救人,就要先爱这些人。"

他拿了一把水果糖给弟嘟,在他的成绩簿上写了一句很好的评语。

第二天,当莫迪维医生走进小女孩的房间时,他比昨天还要惊讶。

小女孩在微笑——她在整片田野中醒来。

她的床头柜四周开满了水仙花；她的被子变成长春花绒被；野燕麦铺满了小地毯；然后是那朵花，那朵弟嘟全心照料的花，一朵令人惊叹的玫瑰在不断变化，在舒展叶子或是绽放花蕾，这朵花沿着枕头爬上床头。小女孩不再盯着天花板看，而是凝视着这朵花。

当天晚上，她的双腿开始能动弹了。生命对她而言充满了希望和喜悦。

12.
米尔宝的名字越来越长

你们或许认为大人们已经开始起疑心了,并且做出了简单的推论:"在弟嘟去过的地方,第二天总是会有神秘的花出现,所以这件事一定和弟嘟有关,我们要监视他。"

但是,你们会这么想是因为你们知道弟嘟有绿拇指。而大人们,我已经跟你们说过了,有很深的成见,他们几乎无法想象会有他们不知道的东西存在。

有时候会突然出现一位先生,揭示一个未知的事物。我们总是先对他嗤之以鼻,有时甚至把他打入黑牢,因为他违反了杜纳狄斯先生所说的"纪律"。等到他死了以后,我们才发现他说的原来是真的,于是我们就为他竖起一座雕像。这种人就是我们所说的天才。

这一年,在米尔宝,没有任何天才能够解释这些无法解释的事件,市议会为此苦恼不已。

市议会,有点儿像是一个城市的大管家,专门注意街道是否整洁,指定小孩子可以在哪里玩耍,乞丐应该在哪里行乞,晚上公共汽车要停放在哪里……不可以杂乱无章,绝对不可以。

但是,米尔宝还是陷入了混乱。没人可以预测一个小公园或是花园会在哪一天、哪个地方冒出来。花儿盖满了所有的公共建筑。如果市议会屈服于如此的异想天开,一个城市就不像个城市了。

"不行,不行,不行就是不行!"为临时会议而聚集的米尔宝市议员们大喊着。

他们已经开始商议要把所有的花都拔掉了。

这时,父亲先生说话了。市议会向来很重视他的意见。他再次展现了他的果敢和当机立断。

"各位议员先生,"他说,"你们不该生气。况且,对我们不了解

的东西生气是很危险的。我们当中没有人知道这突如其来的花是怎么一回事。把花拔掉?我们不知道明天这些花又会从哪里冒出来。另一方面,我们必须承认,这些花对我们有益无害——没有囚犯想越狱了,贫民区变得很繁荣,医院里的孩子们都好起来了。既然这样,我们为什么要恼怒呢?让这些花为我们所用,主动去迎合这些事件,而不是被它们牵着鼻子走。"

"对,对,对呀!"市议员大叫,"但是我们要如何着手呢?"

父亲先生继续说:"我提出一个大胆的解决方法,那就是更改我们城市的名字。如果我们称它为'花都米尔宝',谁又会对到处是花感到诧异呢?假使明天教堂的钟楼变成一束丁香花,那我们就装作是早就预料到这个美化事件会发生在我们庞大的工程计划里吧!"

"好哇,好哇,好哇!"市议员们大声喊叫,一致向父亲先生鼓掌致敬。

事情不能再拖延下去了。因此,第二天,全体市议员、合唱团、两个身穿节日盛装的神父带领了一群孤儿、象征智慧的祖父代表团、代表科学的莫迪维医生、代表法律的一名法官、代表文学的两名中学教师、代表军队的一名穿制服的休假军人……组成浩浩荡

绿拇指男孩
Tistou les pouces verts

荡的大队人马,一直走到火车站,在群众兴高采烈的欢呼声中,为新的布告牌举行揭幕仪式。布告牌上用金色的大字写着:

花都米尔宝

这是一个大日子。

13.
大家力图逗弟嘟开心

母亲太太比市议员们更忧心忡忡,不过是有别的原因。她的弟嘟像变了一个人似的。

父亲先生设计的教育课程,使弟嘟变得异常严肃——他可以好几个小时待在那里沉默不语。

"弟嘟,你在想什么呀?"有一天,母亲太太这样问他。

弟嘟回答:"我认为世界应该可以比现在更好。"

母亲太太的神情有些难过。

"你这个年纪怎么会有这种想法?弟嘟,去跟小健玩吧。"

"小健也这么认为。"弟嘟说。

这下子,母亲太太真的生气了。

"这太过分了!"她叫了起来,"小孩子征求小马的意见,哪有这种事?"

她和父亲先生谈起这事,父亲先生觉得弟嘟需要一些娱乐活动。

"这很好,但是他不应该老是看同样的动物。带他去动物园看看吧。"

但是在那里,弟嘟又惊讶地发现了一件令人不愉快的事。

他以为动物园应该是个梦幻般的地方,在那里,动物满心欢喜地任游客欣赏。在这个动物的天堂里,蟒蛇在长颈鹿的腿边做体操,袋鼠把小熊放在自己的口袋里去散步……他以为美洲豹、水牛、犀牛、貘、琴鸟、鹦鹉、卷尾猴等,在各种奇花异草、树林灌木当中玩耍嬉戏,就像图画书中画的那样。

但事实并非如此,他在动物园看到的净是些笼子,光秃秃的狮子可怜兮兮地睡在空盘子前,老虎和老虎关在一起,猴子和猴子关在一起。他试着安慰一只在栏杆后面打转的豹子,想给它一块奶油面包吃,管理员却不让他这么做。

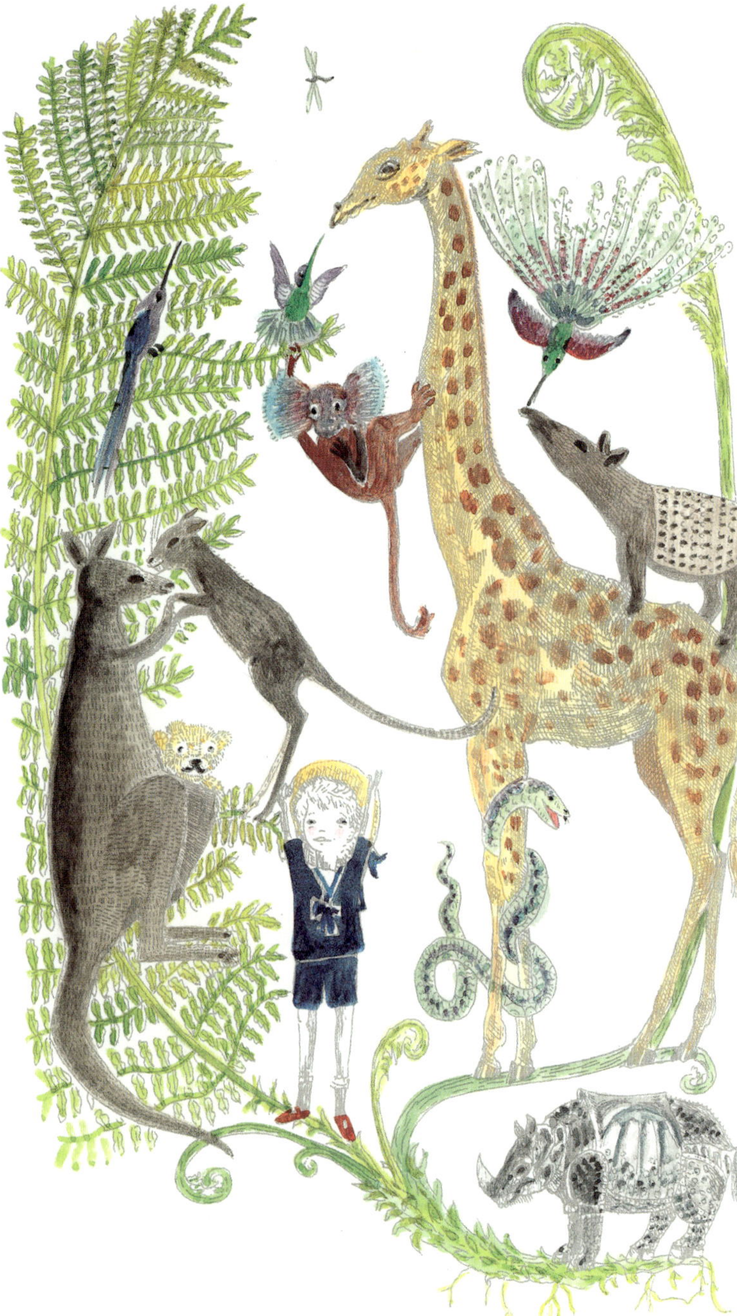

"不可以,孩子,退后一点儿,这些动物很凶猛。"气呼呼的管理员大声叫着。

"它们是从哪里来的?"弟嘟问。

"从很远的地方。非洲,亚洲……天知道!"

"你们带它们来之前,有没有征求过它们的意见?"

管理员耸耸肩膀走开了,一边还唠叨着竟然会有人这样寻他开心。

但是弟嘟却陷入了沉思。

他在想,首先,这个管理员就不该从事这一行,因为他根本不

喜欢他照顾的动物。他还想,这些动物的毛发里应该夹带了它们国家的几粒种子,那些种子就散布在它们四周……

没有一个动物园的管理员会阻止一个小男孩在每个笼子前的地面上按拇指。管理员只是以为这个小男孩喜欢在灰尘里打滚儿罢了。

于是,几天之后,一棵巨大的猴面包树在狮子的笼子当中拔地而起,猴子攀藤而飞,睡莲在鳄鱼的水池当中绽放。熊有它的杉树,袋鼠有它的大草原,苍鹭和火烈鸟在芦苇当中悠闲漫步,各种色彩的鸟儿在巨大的茉莉花丛里高歌。米尔宝的动物园变成了全世界最漂亮的动物园,市议员们迫不及待地将这件事通知了旅行社。

"你现在也种起热带植物来了?很厉害哟,小朋友,你果然很厉害。"翘胡子先生一看到弟嘟,就开始称赞他。

"我能为这些可怜的动物做的也就只有这些而已,它们远离家园是如此的苦闷。"弟嘟回答。

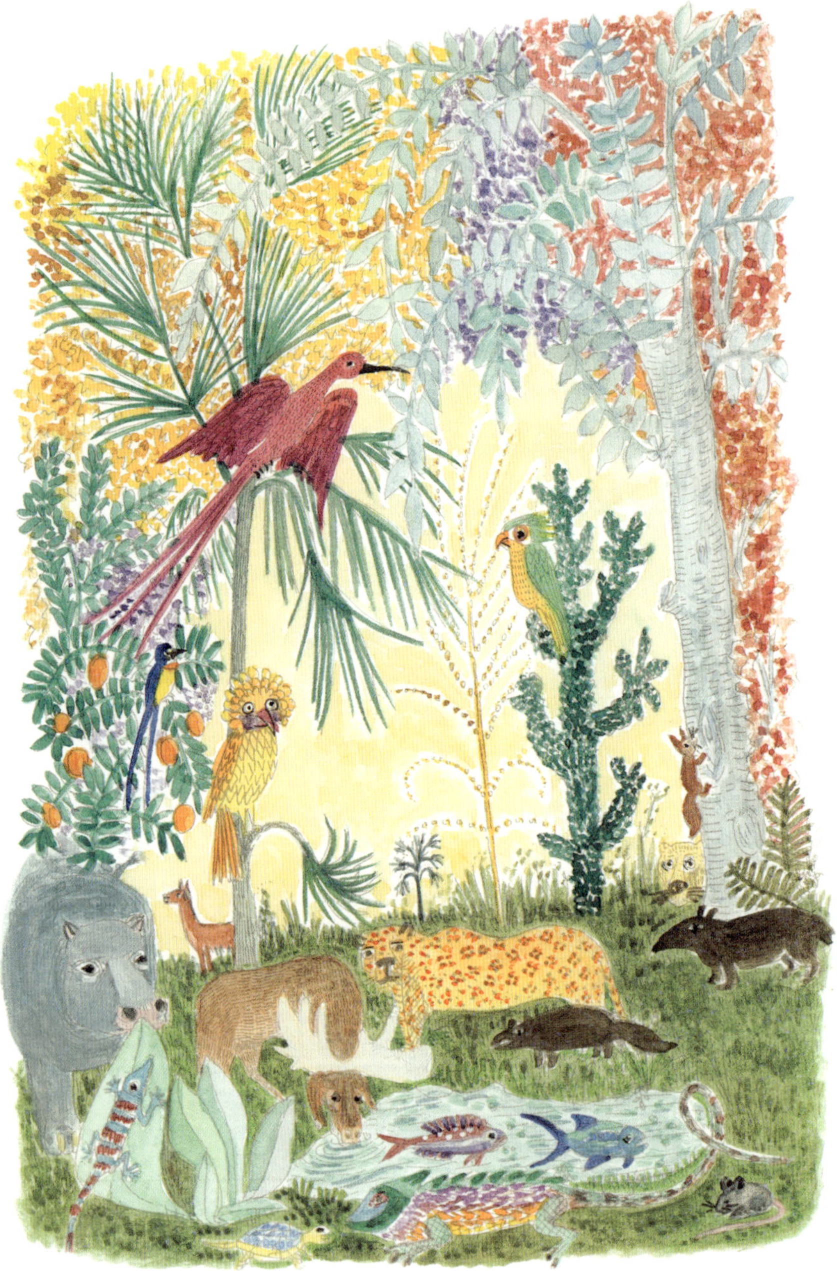

14.
弟嘟对于战争提出了新的问题

有时候大人讲话讲得很大声,小朋友却没有在听。

"弟嘟,你听到我的话了吗?"

弟嘟边点头边回答:"听到了。"一副很听话的样子,其实他根本心不在焉。但是当大人开始窃窃私语的时候,小朋友立刻伸长耳朵,想尽办法听懂人家不想让他们知道的事情。

大家都是这个样子,弟嘟也不例外。

这几天,我们常听到关于米尔宝的窃窃私语。秘密不仅飘浮在空气中,甚至都钻到了闪闪发光的房子的地毯里。

父亲先生、母亲太太边看报纸边长吁短叹,仆人卡洛吕和厨

娘艾米莉在洗衣机旁叽叽喳喳,就连杜纳狄斯先生的大嗓门儿也听不见了。

弟嘟抓住充满不祥之气的只言片语。

"紧张关系……"父亲先生用严肃的语调说。

"危机……"母亲太太回答。

"情况恶化了,情况恶化了……"杜纳狄斯先生加上一句。

弟嘟以为大家是在谈论一种疾病。他很担心,于是伸出拇指,要去屋里找出生病的人。他在花园转了一圈,发现自己的判断是错的。翘胡子先生身强体壮,纯种的栗马在草地上活蹦乱跳,小马小健看起来也健康得不得了。

但是,第二天,每个人的嘴边挂着的都是另外一个词。

"战争……这是无法避免的事。"父亲先生说。

"战争……可怜的人们!"母亲太太边说边摇头,一副很忧伤的样子。

"战争……又是一场战争!"杜纳狄斯先生评论着,"就看谁会赢得胜利了。"

"战争……恐怕会永无安宁了!"厨娘艾米莉快要哭出来了。

"斩争……斩争……老是斩争。"仆人卡洛吕一再重复道,你们知道,卡洛吕有点儿外国口音。

大人们压低声音的讨论,让弟嘟认为战争是一种肮脏的东西,是件丑陋的事情,是大人的一种疾病,比酗酒还糟糕,比贫穷还残酷,比犯罪还危险。杜纳狄斯先生指给他看米尔宝的烈士纪念碑时,已经和他谈到过战争,但是他的嗓门儿太大,弟嘟并没有完全了解。

弟嘟不怕。这个男孩子可不是个胆小鬼,我们甚至可以说他

有点儿莽撞。你们已经看到他敢从楼梯扶手上滑下来。当大家去河边游泳的时候,还要防着他接二连三地从跳板上跳到水里去。他一鼓作气,猛冲过去,然后高高跃起,双臂伸直,跳进水里。他爬树更是无人能及,为了采摘别人都够不到的樱桃,他可以一直爬到顶端。他不知头晕是什么感受。弟嘟真的不是怯懦畏缩的人。

但是他听到的战争和勇敢或害怕没有什么关系,这是一个难以忍受的东西,如此而已。

他想要打听一下。战争真的如他想象的那样恐怖吗?当然,他会先问翘胡子先生。

"翘胡子先生,我会不会打扰您?"他问正在修剪黄杨树的园丁。

翘胡子先生放下剪刀。

"不会,一点儿也不,我的孩子。"

"翘胡子先生,您对战争有什么看法?"

翘胡子先生看起来很惊讶。

"我反对战争。"他一边捻着胡子一边回答。

"您为什么反对战争?"

"因为……因为一场不算什么的小战争,就足以毁灭一个很大很大的花园。"

"毁灭？这是什么意思？"

"意思是破坏、消灭、粉碎。"

"真的吗？那您,翘胡子先生,您见过被战争……毁灭的花园吗？"弟嘟问。

这对他来说简直不可想象,但是翘胡子先生一点儿也没有开玩笑的意思。

翘胡子先生低下头,皱起粗大的白色眉毛,用手指捻着胡子。

"是的,我见过。"他回答,"我见过一个开满花的花园在两分钟内死去。我见过温室被炸得碎裂。很多炸弹落在花园里,所以那里再也种不出什么东西来,连土地都死了。"

弟嘟顿时喉咙发紧。

"您说的那个花园是谁的？"他又问道。

"我的。"翘胡子先生回答。他转过头去掩藏他的悲伤,然后拿起大剪刀。

弟嘟沉默了一会儿。他思索着,试着想象身边的花园像翘胡

子先生的花园那样被彻底毁灭:温室碎裂,土地再也不能种花。一时间,泪水浸湿了他的眼眶。

"那我要去说!"他大喊道,"所有人都该知道,我要去告诉艾米莉,我要去告诉卡洛吕……"

"唉!卡洛吕比我更可怜。他失去了他的国家。"

"他的国家?他在战争中失去国家?这怎么可能?"

"的确如此。他的国家完全消失了。他再也没有找回他的国家,所以才待在这里。"

"我是对的,战争果然是一件很恐怖的事,我们会因此失去国家,就像遗失一块手帕那样。"弟嘟想。

"关于战争,还有很多可以说的。"翘胡子先生说,"你说到厨娘艾米莉,艾米莉失去了她的儿子。还有的人失去了一条手臂、一条腿,或丢了脑袋。在战争里,所有人都会失去某种东西。"

弟嘟认为战争是全世界所能看到的最巨大、最邪恶的混乱,因为所有人都在战争中失去了他们最珍惜的东西。

"我们要如何才能阻止战争?"他在想,"杜纳狄斯先生肯定也反对战争,因为他是如此厌恶混乱。明天我就去跟他谈这件事。"

15.
弟嘟先上了一堂地理课,又上了一堂工厂课,以及去吧与滚吧之间的冲突扩大

杜纳狄斯先生坐在办公桌的后面,用他的大嗓门儿同时对三部电话大声吼叫。看得出来,杜纳狄斯先生很忙。

"世界的某个地方爆发战争时,就会这样。"他对弟嘟说,"在米尔宝,我们的工作量加倍了。"

的确,早上,弟嘟发现工厂的警铃声是平时的两倍长,来的工人也是平时的两倍。那九根烟囱冒出的烟,让天空变得更灰暗。

"那我等您不太忙的时候再来。"弟嘟说。

"你想问我什么事?"

"我想知道这场战争在哪里爆发。"

杜纳狄斯先生站起身,带弟嘟走到地球仪前面。他转动地球仪,把手指放在中部的一个地方。

"你看到这片沙漠了吗?"他说,"就是这里。"

弟嘟看着杜纳狄斯先生手指的地方,看上去就像一块粉红色的糖果。

"杜纳狄斯先生,为什么战争从那里开始?"

"这很容易理解。"

当杜纳狄斯先生说某种东西很容易理解时,弟嘟总是不太相信,通常情况下都是很复杂的。但是这次,弟嘟决定要洗耳恭听。

"很简单,"杜纳狄斯先生重复,"这片沙漠不属于任何人……"

"不属于任何人……"弟嘟在心里重复着。

"但是,在右边,是一个叫'去吧'的国家,在左边,是一个叫'滚吧'的国家。"

"去吧……滚吧……"弟嘟重复了一遍。

"不久前,去吧宣布他们想要这片沙漠,滚吧说他们也想要这片沙漠;去吧驻扎在他们的沙漠边缘,滚吧也驻扎在他们的沙漠边缘;去吧发了一封电报要滚吧滚开,滚吧则用无线电反驳说他们不准去吧待在那里。现在双方的军队正在前进当中,两军一旦相遇,便会开战。"

"那么在这块粉红色的'糖果'里……我的意思是在这片沙漠里,到底有什么东西?有花园吗?"弟嘟问。

"当然没有,因为这是一片沙漠!除了沙子和石头,什么也没有……"

"这些人就为了几块石头而开打?"

"他们想要占有沙漠下面的东西。"

"沙漠下面?有什么东西?"

"石油。"

"他们要石油做什么?"

"他们要石油是为了让其他人不能拥有石油,他们要石油是因为要打仗不能没有石油。"

弟嘟早就知道杜纳狄斯先生的解释会很复杂、很难懂。

他闭上眼睛,努力思考。

"如果我理解得没错,去吧和滚吧为了石油而战,是因为打仗

必须要有石油。"他重新睁开眼睛说道,"这不是很蠢吗?"

"弟嘟,你是想得零分吗?"

"不是。"弟嘟回答,"我想要的是,让去吧和滚吧不要打仗。"

弟嘟的好心肠暂时平息了杜纳狄斯先生的怒气。

"当然,当然。"他一边说一边耸耸肩,"从来就没有人想要战争。但是战争一直都存在……"

"我能做什么呢?"弟嘟想,"把我的拇指放在粉红色的斑点上?"

"这片沙漠离米尔宝很远吗?"他问。

"在这里和地球另一边的中间。"

"那战争会不会打到米尔宝?"

"这不是不可能。我们只知道一场战争从哪里开始,却永远不知道会在哪里结束。去吧可以叫一个大国来援助他们,滚吧可以向另一个大国来寻求帮助。然后两个大国打了起来。这就是我们所说的冲突扩大。"

弟嘟的脑袋像马达一样不停地转动:"总之,战争是一种从地球仪上长出来的,又恐怖又棘手的东西……用什么植物可以对抗战争呢？"

"现在，你跟我去工厂。"杜纳狄斯先生说，"你会看到工厂的机器正在高速运转，这会是很好的学习机会。"

他在三部电话里发号施令，然后和弟嘟一起走下楼去。

弟嘟差点儿就被工厂里的噪声震聋了耳朵。机械铁锤用力地敲打，机器隆隆作响。就算是杜纳狄斯先生的大嗓门儿，也得大声喊叫才能让人听到。

弟嘟也被到处喷溅的火花照得睁不开眼睛。熔化的钢铁在地上流动，成为滚烫的热流，无所不在的热气令人窒息。在这个巨大的工厂里工作的人们，则显得十分渺小且阴暗。

参观完铸造车间之后，弟嘟又去了抛光车间、车削车间、装配车间，还有制造步枪、机关枪、坦克、卡车的车间，因为父亲先生的工厂生产武器和弹药，以及跟战争相关的所有东西。

第二天是交货的日子，大家小心翼翼地包装这些装备，就像在打包珍贵的瓷器一样。

最后，杜纳狄斯先生指给弟嘟看两根长如教堂塔楼的大炮，它们闪闪发光，让人以为上面涂了一层层的牛油。

绿拇指男孩
Tistou les pouces verts

悬挂在铁链上的大炮缓缓划过天空,轻轻地被放在那一眼望不到尽头的卡车拖车上。

"弟嘟,就是这些大炮让米尔宝财源滚滚。"杜纳狄斯先生大声喊叫,"每射出一枚炮弹,就可以摧毁四栋像你家那样的大房子。"

这个消息似乎没有让弟嘟沾沾自喜。

"所以,"他想,"每射出一枚炮弹,就有四个没有房子的弟嘟、四个没有楼梯的卡洛吕、四个没有厨房的艾米莉……所以,就是这些机器让人们失去自己的花园、国家、腿或亲人……就是这样了!"

锤子一直在敲打,锻炉一直在燃烧。

"杜纳狄斯先生,您站在哪一边?"因为四周的噪声,弟嘟得用力大喊。

"什么哪一边?"

"我问在这场战争中,您站在哪一边?"

"去吧那边。"杜纳狄斯先生大喊。

"我父亲呢?"

"也是。"

"为什么?"

"因为长久以来,去吧一直是我们忠实的朋友。"

"当然,"弟嘟想,"朋友有难,帮他们自卫也是理所当然的。"

"所以这些大炮是要送到去吧那里的喽?"他又问。

"只有右边的那些是。"杜纳狄斯先生大喊,"另一边是要送到滚吧那边去的。"

"什么,滚吧那边?"愤怒的弟嘟大叫。

"因为他们也是很好的顾客。"

原来一门米尔宝大炮,会射向另一门米尔宝大炮,同时会把两边的花园都毁掉!

"做生意就是如此。"杜纳狄斯先生加上一句。

"我觉得您的生意实在很可恶!"

"什么?"杜纳狄斯先生弯下身问,因为机械铁锤的声音盖过了弟嘟的话。

"我说,您的生意实在是可恶透顶,因为……"

一巴掌打住了弟嘟的话。去吧和滚吧之间的冲突竟然一下子就扩张到了弟嘟的脸上!

"这就是战争!人家只是问一下原因,发表一下意见,啪!就给人家一巴掌。我要让你的裤子里面长出有刺的冬青,看你怎么样!"弟嘟边想边眼泪汪汪地看着杜纳狄斯先生,"很好,就让他的裤子里长出冬青或刺蓟来……"

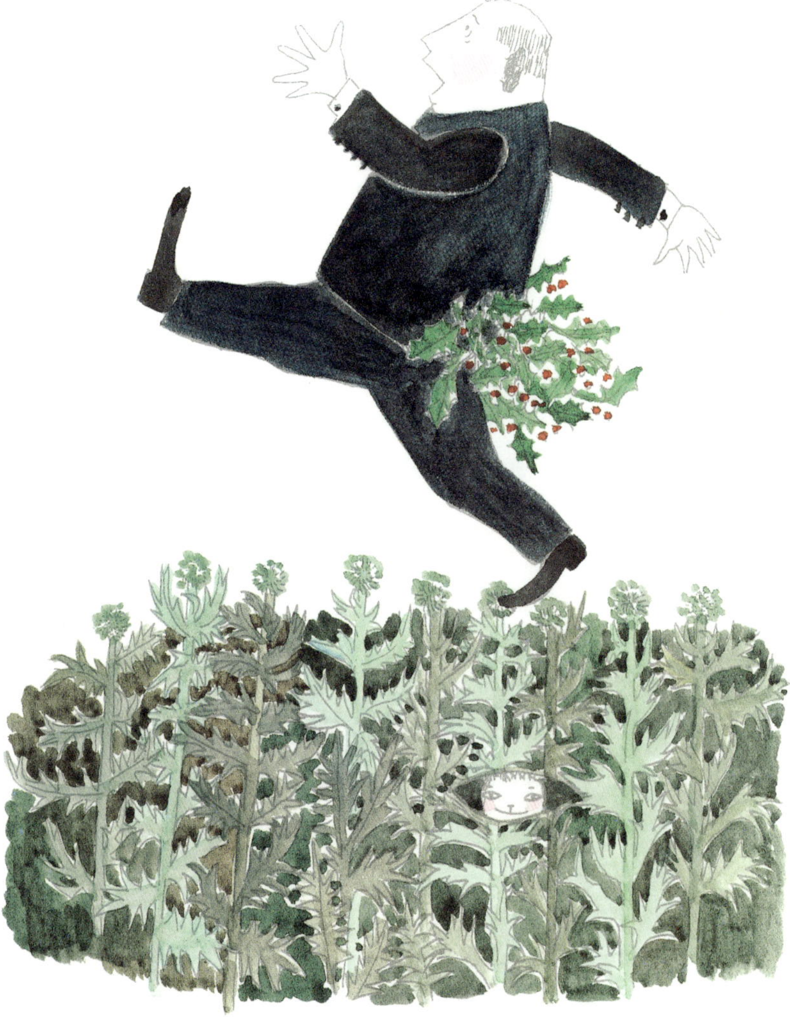

弟嘟紧握着拇指,他想到了一个很棒的主意。

工厂这一课,你们可以想象,就此结束了。弟嘟得到两个零分,杜纳狄斯先生则马上向父亲先生汇报。父亲先生十分难过。他的弟嘟本来应该继承他的家业,谁知道他却没什么才干,无法管理如此杰出的企业。

"我要认真跟他谈一谈。"父亲先生说,"他在哪里?"

"像往常一样,他又躲到园丁那里去了。"杜纳狄斯先生回答。

"那我们待会儿再谈。现在先完成打包。"

为了应付紧急订单,机器不停地运转。整个晚上,那九根烟囱不断冒出红色的巨大光环。

但是,这个夜晚,父亲先生没时间吃晚饭,他在小玻璃塔上监督着工厂的进度,却发现了一个意外的惊喜——他的弟嘟回到工厂,慢慢地走过一排装满枪支的箱子。他爬进大卡车里,对着马达探头探脑,在大炮之间钻来钻去。

"勇敢的弟嘟,"父亲先生想,"这个孩子想要挽回他那两个零分。加油!一切还是有希望的。"

事实上,弟嘟从来没有这么认真、这么忙碌过!他头发梳得笔直,并且不时从口袋里拿出一张纸来。

"他似乎是在做笔记。"父亲先生注意到了,"看他那样把手指放在机关枪里,希望他不会被夹到。太好了,真是个好孩子,马上就知道自己错了。"

父亲先生还会发现更多的惊喜。

16.
令人震惊的消息

所有人都知道,报纸只用大写字母来报道战争。这些铅字都放在一个专门的柜子里。

而远近闻名的报纸《米尔宝快报》的主编,正在这个装有大写字母的柜子前犹豫不决。

主编原地打转,唉声叹气,频频擦拭头上的汗水,一副茫无头绪、不知所措的样子。这个家伙真的非常苦恼。

他一会儿抓起留给特大胜利要用的大号铅字,但是马上又放了回去;一会儿又选择中号铅字,表示正处于胶着状态的战争、没有结束的战斗和出人意料的撤退。但似乎也不合适,于是他又把它们放回柜子里。

一会儿,他似乎又下定决心统统用小号铅字,这是用来宣告那些使所有人情绪低落的消息的,像是"运糖的道路被切断"或"果酱类开征新税",但是这些铅字也不合适。快报的主编又长叹了一口气。这个家伙确实非常苦恼。

他必须向米尔宝的居民,他的忠实读者,宣布一则实在是结局出乎意料、后果不堪设想的消息,这让他不知如何下手。去吧与滚吧之间的战事搁置了。他要让公众接受,一场战争竟会骤然停止,没有胜利者,没有失败者,没有国际会议,什么都没有!

唉,可怜的主编多么希望能在头版上印出一个轰动的标题,像是:《去吧神速前进》,或《滚吧军队锐不可当》。

事实却是,被派到粉红色斑点地区的记者斩钉截铁地报告:战争并没有发生,这使得人们对米尔宝工厂运送过去的武器品质,以及父亲先生、他的工厂和所有工作人员的技术能力都提出了疑问。

总之,大难临头了!

让我们和快报的主编一起回顾一下这场悲剧的发生过程。

绿拇指男孩
Tistou les pouces verts

攀爬缠绕的植物在武器箱子里生了根。它们怎么会跑到那里去呢？为什么？没有人能够解释。

常春藤、白葡萄、牵牛花、攀墙蛇葡萄、蔊蓄和欧洲菟丝子全部缠绕在机关枪、冲锋枪和左轮手枪上，天仙子的黏液更让这一切雪上加霜。

这些箱子，去吧和滚吧已经放弃拆封了。

记者在他们的电报中，特别强调了牛蒡所造成的危害，因为这种植物紫红色的小花上有带刺的小钩子，紧紧抓住刺刀不放。开出花朵的枪、不能刺人的刺刀、美丽的花束，这一切让这些武器毫无用武之地。它们能拿来做什么呢？只能丢到垃圾桶里。

那些壮观的卡车，尽管仔细地画上了灰色和黄色的条纹，也照样不能使用！刺人的荆棘、拉拉藤及各种各样的荨麻，爬满了卡车座椅，让司机一坐上去就得荨麻疹。这些卡车司机因此成了战争中仅有的受害者，戴着白色面罩的护士只好让这些坐立不安的士兵裹着纱布躺到床上。

这里还有碰不得的凤仙花造成的事故。为什么这种田野里没什么了不起的小花，竟会让士兵们恐慌不已？因为凤仙花的籽荚

103

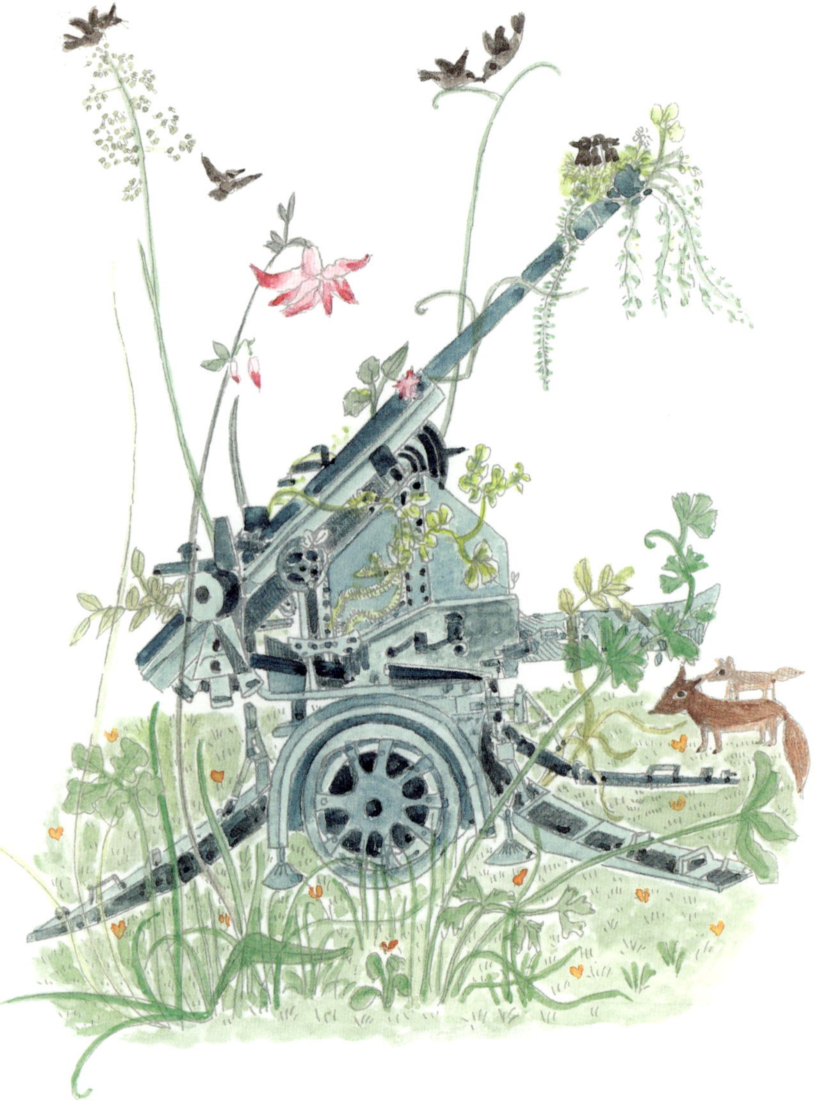

只要轻轻一碰就会弹射出很多种子。

马达里到处是这种凤仙花,装甲车的化油器里、摩托车的油箱里也有凤仙花的足迹。只要一启动引擎,一踩踏板,就发出低沉的爆裂声,这虽然不会造成伤害,却让军队士气大受影响。

再说坦克。坦克的炮塔被卡住了。犬蔷薇花叶里夹杂着草藤和紫萼路边青,在机械四周长出了根茎、花梗、花序和带刺的枝杈。所以,坦克也一样无法使用。

没有一件装备能逃过神秘植物的侵袭!到处都是植物,盘根错节、活蹦乱跳,仿佛有着强烈的个人意志。

在防毒面具里,蔓延着会让人打喷嚏的蓍草。快报的记者证实,只要人们靠近这些面具,哪怕是一米远的地方,都会连打至少五个喷嚏。

臭味熏人的草在传声筒里安了家,士兵们只好放弃使用这些混杂着熊蒜和臭甘菊的传声筒。

目瞪口呆、动弹不得、无力攻击的两国军队,只能面对面僵在那里。

坏消息传得很快。父亲先生已经知情,并陷入了一种绝望的

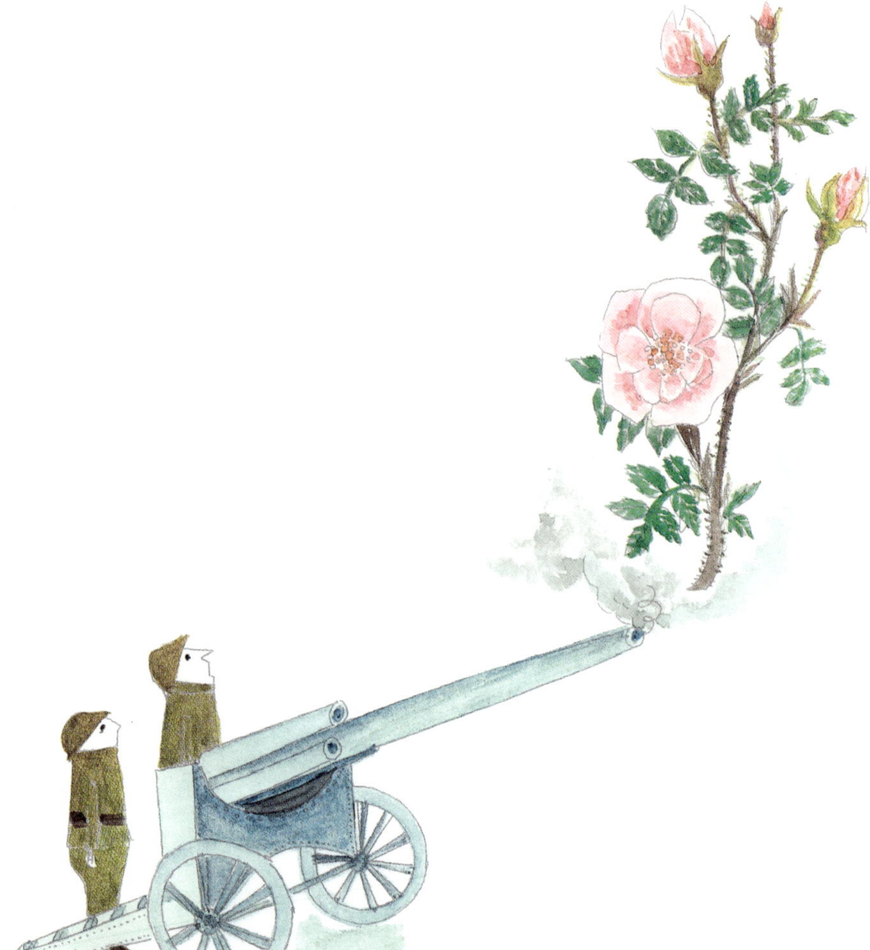

状态中。

他的武器如春天的洋槐树般开满了花。

他和快报的主编一直保持联络,主编在电话里念着令人忧心的电报……现在唯一的希望就是大炮,那著名的米尔宝大炮。

"无法动弹的两军还可以采取一项行动,只要他们的大炮完好无损。"父亲先生说。

人们一直等到晚上,但最后一封电报让人们所有的幻想都破灭了。

米尔宝大炮的确能开火,但射出去的却是花朵。

如雨点般的洋地黄、风铃草和矢车菊，袭击了去吧的阵地，于是去吧就开火反击，让滚吧被毛茛、雏菊和繁缕淹没。一位将军的帽子甚至被一束紫罗兰打掉了！

我们不能用玫瑰花来占领一个国家，用花作战永远不能让人严肃看待。

去吧和滚吧之间立即签下和约，两军撤退，粉红糖果般的沙漠也因此恢复了它的天空、它的孤独及它的自由。

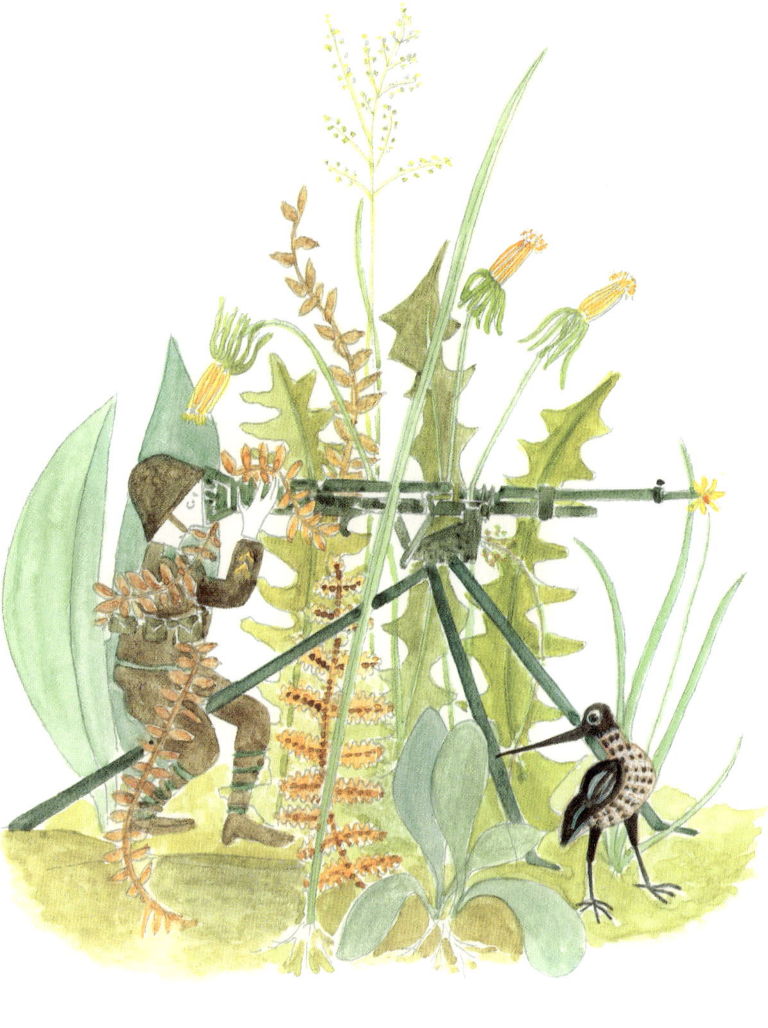

17.
弟嘟勇敢地自首

有时候安静的时刻也能把人叫醒。这个早上,尽管工厂的大警铃没有响,但弟嘟仍从床上跳了下来。他走到窗边。

米尔宝工厂停工了,那九根烟囱也不再冒烟了。

弟嘟跑到花园去。坐在手推车上的翘胡子先生正在看报,这倒是很罕见的事。

"啊,你来了!"他叫着,"做得好,我不敢相信你竟然可以有这么好的成绩!"

翘胡子先生笑容满面,欣喜若狂。他拥抱着弟嘟,雪白的胡子把弟嘟的脑袋都盖住了。

然后,他用完成任务的人常有的轻微忧伤的语调向弟嘟说道:"我再也不能教你什么了。你现在知道的跟我一样多,你进步很快。"

被翘胡子先生这样的老师赞美,弟嘟的心里暖暖的。

在马厩里面,弟嘟碰到了小马小健。

"太棒啦!"弟嘟在小健柔软的毛耳朵边悄悄地说,"我用花阻止了一场战争。"

小马似乎没有特别的惊喜。

"对了。"它开口说道,"一把白花苜蓿就会让我高兴。早餐我最喜欢吃这个了,但我发现草地上的白花苜蓿越来越少了。有机会的话,考虑一下我的话吧!"

这些话让弟嘟一阵惊讶。不是因为小马会说话——这一点,他老早就知道了——而是因为小马知道他有绿拇指。

"幸好小马只跟我一个人说话。"弟嘟想。

然后,他若有所思地回到屋子里。这匹小马看来知道不少事情。

在闪闪发光的房子里,所有事情都一反常态。首先,就是窗户没有以前那么闪闪发光了。艾米莉也不在她的炉前唱歌了：尼侬，尼侬，你这辈子做了些什么事……这是她最喜欢唱的歌。就连仆人卡洛吕也没有把楼梯扶手擦得发亮。

母亲太太早上八点就走出卧室，像是要出远门一样。平常，她会在餐厅喝牛奶咖啡，而今天，她的牛奶咖啡就放在面前，她却连碰都没有碰一下。她似乎也没有看到弟嘟从那里经过。

父亲先生没有去办公室。他在客厅里，杜纳狄斯先生陪着他。两个人在客厅里迈开大步，胡乱走着，时不时就会撞到一起，或是背道而行。他们的对话也颇有风雨欲来之势。

"破产！丢脸！关厂！失业！"父亲先生大叫。

杜纳狄斯先生的回答，如同云霄里轰轰雷声的回音："背后有阴谋……暗中破坏……和平主义者的袭击……"

"唉，我的大炮，我美丽的大炮！"父亲先生又说。

弟嘟站在半掩的大门门槛上，不敢打断他们的谈话。

"这些大人就是这样。"他在想，"杜纳狄斯先生跟我说所有的人都反对战争，战争是无法避免的坏事，我们一点儿办法也没有。现在我成功地阻止了战争的爆发，他们应该高兴才对，怎么反而

生气了?"

父亲先生不小心撞到了杜纳狄斯先生的肩膀,他愤怒地大喊:"别让我抓到那个在我的大炮里到处撒花的坏蛋!"

"嗯!如果让我抓到,我决不饶他!"杜纳狄斯先生回答。

"但是,也有可能根本就没有肇事者……是某种强大的力量……"

"必须要调查一下……这简直是叛国罪。"

你们都知道,弟嘟是一个勇敢的孩子。他打开门,一直走到巨大的水晶灯下,站在带有花朵图案的地毯中间,面对祖父先生的画像,深吸了一口气:"是我在大炮里种下那些花的。"

然后,他闭上眼睛,等着挨一记耳光。耳光没有如期而至,他又睁开眼睛。

父亲先生停下来,站在客厅的一角,杜纳狄斯先生在另一角。他们看着弟嘟,又好像视而不见,或许也没听懂弟嘟说的话。

"他们不相信我。"弟嘟想,为了证实自己的供述,便一一列举着自己的战绩,像是在公布某个字谜游戏的答案。

"监狱的花,是我干的!贫民区的牵牛花,是我干的!生病的小

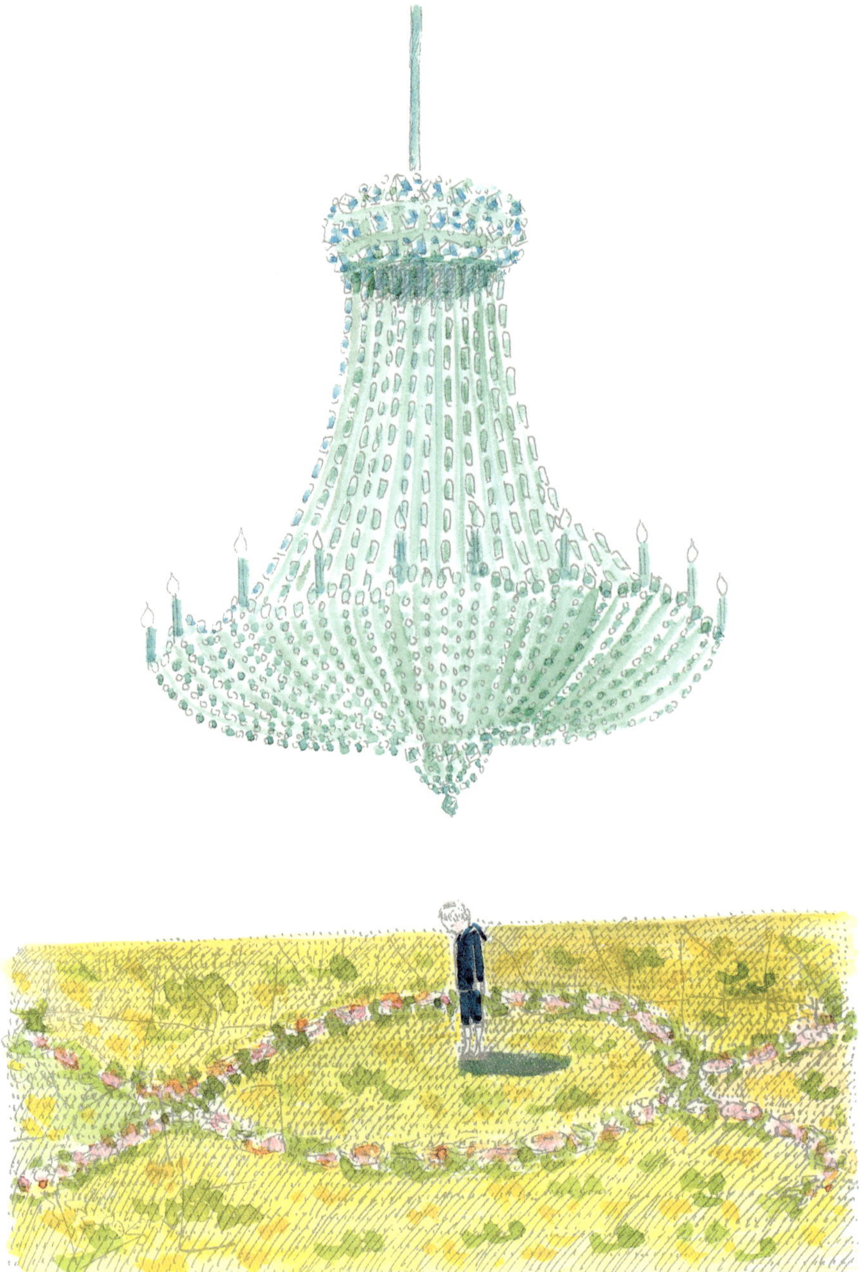

女孩的长春花绒被,也是我干的!狮子笼子里面的猴面包树,还是我干的!"

父亲先生和杜纳狄斯先生还是像雕像一样立在那里。他们显然没有把弟嘟的话听进去,一副"别在那里说蠢话,让大人安静一下"的表情。

"他们以为我在吹牛。"弟嘟想,"我必须证明给他们看。"

他走近祖父先生的画像。在米尔宝工厂伟大的创建者拿来当扶手的大炮上,弟嘟用他的两只大拇指按了几秒钟。

画布轻轻抖了一下,先是一片叶子,然后又一片叶子,最后是一串串白色的小铃铛—— 一整株铃兰从大炮口冒了出来。

"看到了吧!"弟嘟说,"我有绿拇指。"

他等着看杜纳狄斯先生脸色变红,父亲先生脸色变白。但事实却刚好相反。父亲先生瘫在沙发上,脸色发紫,而杜纳狄斯先生跌坐在地毯上,脸苍白得就像一张纸。

弟嘟看到这幅情景才意识到:让大炮里长出花来,会严重影响大人的生活。

然后,他面不改色地走出客厅,这证明了他的确勇气可嘉。

18.
一些大人放弃了成见

正如你们在这个故事中所了解到的,父亲先生是一个快刀斩乱麻的人。但他还是花了整整一个星期的时间来衡量局势,勇敢地面对。

他和身边优秀的工程师们开了好几次董事会,杜纳狄斯先生全程参与。然后,他把自己关在办公室里,双手捧头待了好几个小时。他做了笔记,又把笔记撕掉。

情况大致说来是这样的:弟嘟有绿拇指,他不但会用绿拇指,还用他的绿拇指让工厂的生产停了摆。

当然,结果就是,经常向米尔宝工厂购买武器的国防部长及

总司令们,马上就取消了他们的订单。

"又不是要买花!"他们说。

当然,有一个解决的办法,但只有那些毫无想象力的人才会想到,那就是把弟嘟关到监狱里去,因为他妨碍了公共秩序。这样才能透过新闻媒体让大家知道,捣乱分子已经无法再危害世人了。然后用正常的武器来取代枝繁叶茂的大炮,发一份通知给所有的将军,告知他们工厂会重新开工,一切照旧。

但是杜纳狄斯先生——没错!就是杜纳狄斯先生本人,反对这个解决方案。

"经过这次打击,要恢复以往的局面,恐怕没那么容易。"他镇静地说,"大家质疑我们的产品这件事,还会持续很长一段时间。而且把弟嘟关到监狱里,根本于事无补。他可以让橡树长出来,让树根撑破围墙,然后逃出去。我们无法抗拒大自然的力量。"

杜纳狄斯先生改变了很多!自从那天他跌坐在客厅里,他的耳朵就不再那么红了,他的声音也平静下来了。而且,我们敢说:杜纳狄斯先生也不忍看到弟嘟穿着苦役犯的衣服,在监狱里面团团转,就算是种满鲜花的监狱也一样。对那些和我们素不相识的人,监狱是我们可以平静看待的事物,但要让一个大家都疼爱的小男孩进去,那就是另一回事了。

虽然有过斥责、零分、巴掌,但杜纳狄斯先生发现,只要一谈到监狱他就很喜欢弟嘟,很关心他,而且无法忍受再也不能看到他。那些嗓门儿很大的人,有时候就是这样。

况且,父亲先生不管怎样也不同意把弟嘟关到监狱里。我跟你们说过了,父亲先生是个好人。他是好人却又是个卖大炮的商人,乍看之下,这两点好像相互矛盾。就如同他很疼他儿子,却又制造武器让其他人的孩子成为孤儿一样。不过这种事比我们所想的还要常见。

"有两件事我们做得很成功。"他对母亲太太这样说,"我们制造了最好的大炮,而且让弟嘟成为一个快乐的孩子。现在看来,这两件事似乎不能同时存在了。"

母亲太太温柔、漂亮、和蔼可亲,是一个很优雅的人。

她总是很专心地、很崇拜地听她丈夫说话。对去吧那场不幸的战争,她模模糊糊地觉得有些愧疚,但又不清楚是因为什么。

当自己的孩子妨碍了大人的生活,有可能制造麻烦的时候,

做母亲的总是会有些愧疚。

"该怎么办,亲爱的,该怎么办呢?"她问。

"让我忧心的是弟嘟,也是工厂的命运。"父亲先生接着说,"我们替这个孩子的未来规划了一条出路,以为他将继承我的事业,就像我继承我父亲的事业一样。他的未来都已经铺设好了,财

富、敬重……"

"这是我们的成见。"母亲太太说。

"对呀！的确是个成见，一个不经大脑的成见。现在，我们必须要想想其他办法了，这孩子显然不喜欢贩卖武器。"

"他的志向似乎倾向园艺。"

父亲先生想起杜纳狄斯先生那句很无奈的话："我们无法抗拒大自然的力量……"

"我们的确无法抗拒大自然的力量，"父亲先生想，"但是我们可以利用大自然的力量。"

他站起身，在房间里走了几步，转过身来，拉了拉他的背心。

"亲爱的老婆，我决定了。"他说。

"我相信你的决定绝对没错。"母亲太太眼眶红红地说，因为这时父亲先生的脸上有某种英勇的、感人的东西，而且他的头发从来没有如此闪闪发光过。

"我要把大炮工厂改造成鲜花工厂。"他宣布。

大商人成功的秘诀就在于能在逆境中急转弯，东山再起。

大家立即开始工作，而且获得了令人惊叹的成功。

紫罗兰和毛茛出击的那一战让全世界议论纷纷,舆论老早就做好了准备。之前所有的事件:从神秘的花开到城市的名字——花都米尔宝,这些都为新企业的发展起到了推动作用。

负责宣传的杜纳狄斯先生让人在附近的马路上挂满巨大的标语,上面写着:

种出一夜之间长大的花

或是:

连钢铁上都长得出米尔宝的花

但是最精彩的标语,或许该是:

用花向战争说"不"

客人们蜂拥而至,闪闪发光的房子也恢复了昔日的光彩。

用花向战争说"不"

19.
弟嘟的最新发现

故事的结局向来都出人意料。你们或许以为该说的都说完了,也以为对弟嘟已经了如指掌。要知道我们从来就没有完全了解过一个人,我们最要好的朋友总是让我们出乎意料。

的确,弟嘟不再隐瞒他的绿拇指。相反,大家还常常谈论他的绿拇指,而弟嘟也成为一个不只是在米尔宝而是全世界都闻名的孩子。

工厂的转型十分成功。那九根烟囱上覆盖着鲜艳的红花绿叶。工厂里处处飘散着最稀有的花香。

大家用工厂制造的鲜花地毯来装饰公寓,用鲜花帷幔来代替墙上的印花装饰布和壁纸。花园是整车厢整车厢地运过去。父亲先生甚至接到一个要包裹摩天大楼的订单,因为有人说,住在这些大楼里的人,常会冲动得想要从一百三十层楼高的窗口跳下去。

住在离地面这么遥远的地方,可想而知他们心里一定会有点儿毛毛的,我们希望鲜花可以让他们踏实一些。

翘胡子先生现在成了园艺方面的专家,弟嘟的手艺也在不断地精进。他现在开始发明新品种的花,已经成功培育出蓝色的玫瑰花,每一片花瓣就像是一片天空;他还研制出了两个新品种的向日葵——金黄色的日出种及漂亮的紫铜色的日落种。

当他完成这些的时候,他会和病愈的小女孩去花园玩耍。小马小健现在只吃白花苜蓿。

"那么,你现在快乐吗?"有一天,小马小健问弟嘟。

"是呀,非常非常快乐。"弟嘟回答。

"你不觉得无聊吗?"

"才不会呢。"

"你不想离开我们吗?你会留下和我们在一起吗?"

"当然!问的什么怪问题嘛!"

"想想而已……"

"你到底想说什么?我的故事还没有结束吗?"弟嘟问。

"再看吧,再看吧。"小马一边说一边又去吃它的苜蓿了。

隔了几天,一个消息传遍了闪闪发光的房子,每个人都陷入了哀愁之中。园丁翘胡子先生已经一觉不醒了。

"翘胡子先生决定要这样一直休息下去。"母亲太太解释道。

"我能去看他休息吗?"

"不,不行。你再也见不到他了。他要去旅行很长很长一段时间,再也不会回来了。"

弟嘟不明白。"人又不能闭着眼睛去旅行。"他想,"如果他睡着了,他应该和我说晚安;如果他出门了,他也应该和我说再见呀。所有的一切都让人搞不懂,大家一定有什么事瞒着我。"

他又跑去问厨娘艾米莉。"这个可怜的翘胡子已经上天堂了,他现在比我们大家都要幸福。"艾米莉说。

"既然他很幸福,为什么要说他可怜呢?既然他很可怜,怎么又说他幸福呢?"弟嘟心想。

卡洛吕还有另外一种解释:翘胡子先生被葬在墓园的地下。

这一切都让人觉得自相矛盾。到底在地下还是在天上？总得搞清楚吧。园丁先生又不可能同时出现在两个地方。

弟嘟去找小马小健。

"我知道。"小健说，"翘胡子先生死了。"

小健总是实话实说，这是它的原则之一。

"死了？"弟嘟叫了出来，"但是并没有打仗呀？"

"又不是只有打仗才会死人。"小健回答，"战争只是会带来意外的死亡……翘胡子先生的死，是因为他太老了。所有的生命最终都会用这种方式结束。"

弟嘟突然觉得太阳失去了光彩，草地变得一片灰暗，连空气中都有一股难以呼吸的怪味。这正是一种不舒服的征兆，大人们以为只有他们才会有这种感觉，其实像弟嘟这个年纪的小孩子也会有，这种感觉叫作忧伤。

弟嘟双臂抱着小马的脖子，在它的马鬃里哭了好一会儿。

"哭吧，弟嘟，哭吧。"小健说，"应该要哭出来，大人们会忍住不哭，其实这是不对的。因为他们把泪水都凝结在心里，这让他们的心变得坚硬。"

但弟嘟是一个奇怪的孩子,只要他还没有去按过他的绿拇指,他就绝不会在灾祸面前屈服。

他擦干眼泪,整理一下思绪。

"在天上还是在地下?"他又重复了一次。

他决定去最近的地方。第二天,早餐过后,他跑出了花园,一直跑到山丘旁的墓园。那是一座美丽的墓园,树木丛生,一点儿也不会让人感到忧伤。

"真像是在白天燃烧的夜火。"看到漂亮的意大利柏木时,弟嘟这么想。

他看到一个背影,那是一位园丁在清扫走道。突然,他有了个疯狂的念头……但是,园丁转过身来,那只是一个普通的墓园园丁,一点儿也不像弟嘟在找寻的那个园丁。

"对不起,先生,请问一下,您知不知道翘胡子先生在哪里?"

"右边第三条路。"园丁回答他,丝毫没有停下扫地的动作。

"所以真的是在这里……"弟嘟想。

他朝园丁所说的方向前进,一直走到尽头一座全新的墓碑前。在石板上,可以看到下面这段话,这是学校老师写的:

<blockquote>
翘胡子大师长眠于此

种花手艺高超无比

花曾有他的友谊相随

经过者,请为他流下一滴泪水
</blockquote>

弟嘟开始工作。"翘胡子先生抗拒不了这么漂亮的牡丹,他一定会很想和它说话的。"弟嘟想。他把他的拇指笔直地插入泥中,等了一会儿。牡丹花钻出土壤,长高,怒放,它那重如大白菜的头,向碑文默默垂首。但是墓碑一动也不动。

"或许可以来点花香……虽然有一大把胡子,但他的嗅觉是那么敏锐。"弟嘟想。他让风信子、康乃馨、紫丁香、含羞草及晚香玉一一冒出来,几分钟之内就花团锦簇。但坟墓还是一片死寂。

"要不然给他一朵他不认识的花。"他想,"就算我们非常疲惫,还是会有点儿好奇心的。"

但是死亡才不在乎人家跟它打什么谜。死亡本身就是让人不解的一团迷雾。

在一个小时内,弟嘟施展了最丰富的想象力,创造了前所未有的植物。因此,他发明了蝴蝶花,有两根状似触角的雌蕊和两片闻风而颤的花瓣。但坟墓还是悄无声息。

当他离开的时候,双手乌黑,头往下垂,身后留下一座墓园中从未出现过的、最令人叹为观止的坟墓。但翘胡子先生还是没有回应。

弟嘟穿过草地,走向小健。

"你知道吗,小健……"

"嗯,我知道。"小马回答,"你发现了,只有死亡是花无法阻挡的坏事。"因为小马爱说教,它又加了一句:"所以呀,老是喜欢互

相伤害的人,实在是很愚蠢。"

弟嘟仰着头,望着云彩,陷入了沉思。

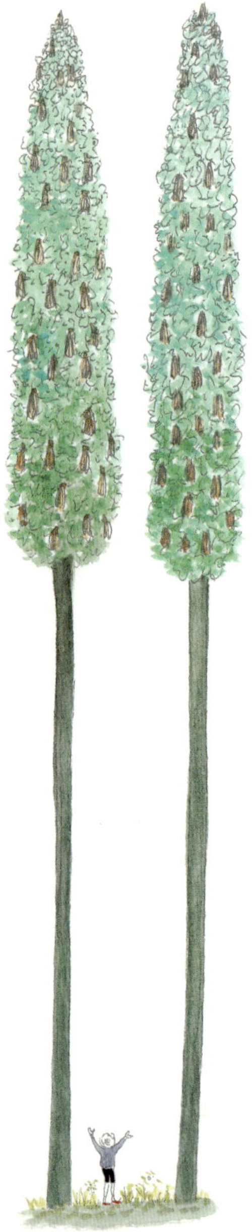

20.
我们终于知道了弟嘟是谁

这几天,它几乎占据了他的全部心思,他脑袋里只想着它。它到底是什么东西呢? 是一架梯子。

"弟嘟要做一架梯子,他想干什么呢?"米尔宝的人议论道。

我们知道的也只有这些。一架梯子要摆在哪里? 要做什么用呢? 为什么是一架梯子,而不是一座塔楼或开满花的亭子呢?

弟嘟一直含糊其词。

"我就是想做一架梯子,仅此而已。"

他选好放梯子的地方,就在草地的中间。

一架梯子,照理说要找木匠才行,但是弟嘟并没有用到木材。

他把两只拇指插到泥土里,插得很深,而且张开双臂,让两只拇指尽可能离得远远的。

"这架梯子的根必须要很坚固。"他向小马解释,小马也很有兴趣地跟着他工作。

两棵枝叶茂盛、修长挺拔的树耸立起来,不到一个星期就长高了三十米。每天早上,弟嘟都照着翘胡子先生的吩咐和树讲话。这个方法的成效最好。

这两棵树的树种很稀有:树干挺拔如意大利杨树,却坚硬如紫杉;叶子如橡树叶般凹凸有致;果实如松果般垂直生长。

但是当树高超过六十米的时候,锯齿状的树叶变成微蓝的针叶,然后出现毛茸茸的树芽。卡洛吕说这是一种在他的家乡大家都很熟悉的树,叫作捕鸟者的花楸树。

"这是花楸?"厨娘艾米莉叫了出来,"你们没有看到现在长出来的是一串串又白又香的花吗?我告诉你们,这是洋槐,我认识,因为洋槐花可以用来做煎饼。"

但是艾米莉和卡洛吕两个人都说对了,也都说错了。每个人在这树上所看到的,都是他们最喜欢的树。但是这两棵树是没有

名字的。

很快,树就长到了一百多米。起雾的时候,我们再也看不到树顶了。

但是,你们会说,两棵再怎么高的树也不能拿来当梯子用。

这时出现了紫藤,一种特殊品种的紫藤,是和啤酒花杂交培育出来的。它的特点是可以在两棵树之间,完美地横向生长。

它先稳稳地倚靠在其中一棵树的树干上,然后往前伸展,抓住另一棵树干,缠绕三圈,用它的茎打个结,又往上爬一些,再往相反的方向生长。就这样,一阶一阶的梯子搭起来了。

最精彩的是,当紫藤突然开花的时候,就像是一道淡紫色的瀑布从天而降。

"如果翘胡子先生真的是在天上,就像大家一直对我说的那样,"弟嘟对小健吐露,"他一定会利用这架梯子下来,就算只下来一小会儿也好。"

小马没有回答。

"不能见到他,也不知道到底发生了什么事,实在太让人痛苦了。"弟嘟说。

梯子继续长高,我们把它拍下来发给彩色印刷的报纸,新闻标题是:米尔宝的花梯是世界第八大奇观。

如果我们问读者前面七大奇观是什么,他们可能说不出个所以然。不信问问你们的父母,看他们怎么回答!

但是这一切还是没有让翘胡子先生下来。

"我再等三个早上,"弟嘟决定,"然后就知道我接下来该做什么了。"

到了第三个早上。

弟嘟下床的时候,月亮正在西沉,太阳还没有东升,星星开始落下天幕。不是夜晚,也不是白天。

弟嘟穿着白色的长睡衣。

"我的拖鞋在哪里?"他想。他在床下找到一只,在衣橱里找到了另一只。

他沿着楼梯扶手滑下楼,蹑手蹑脚地溜出来,一直走到草地中央的梯子旁。小马小健也在那里。它耳朵下垂,鬃毛杂乱,一脸哀伤的神色。

"你怎么起来了?"弟嘟问它。

"我昨天晚上没有回马厩。"小马回答,"我要向你坦白,我一整个晚上都试着要啃掉你的树根,但那木头实在是太硬了。我的牙齿不管用。"

"你想要啃断我这么漂亮的梯子?"弟嘟叫道,"为什么?是不想让我爬上去吗?"

"是呀!"小马说。

绿草上,一颗颗的露水开始凝结。透过黎明的微光,弟嘟看到小马的眼睛里流下了大颗大颗的泪珠。

"别这样,小健,别哭那么大声,你会把所有人都吵醒的。"弟嘟说,"担心什么,你知道我不会头晕。我只是爬上去再爬下来,还要在卡洛吕起床前赶回来⋯⋯"

但小马还是在哭。

"唉!我就知道⋯⋯我就知道迟早会发生⋯⋯"它一直重复着。

"我会想办法带一颗小星星回来给你。"弟嘟安慰它说,"再见了,小健。"

"永别了。"小马说。

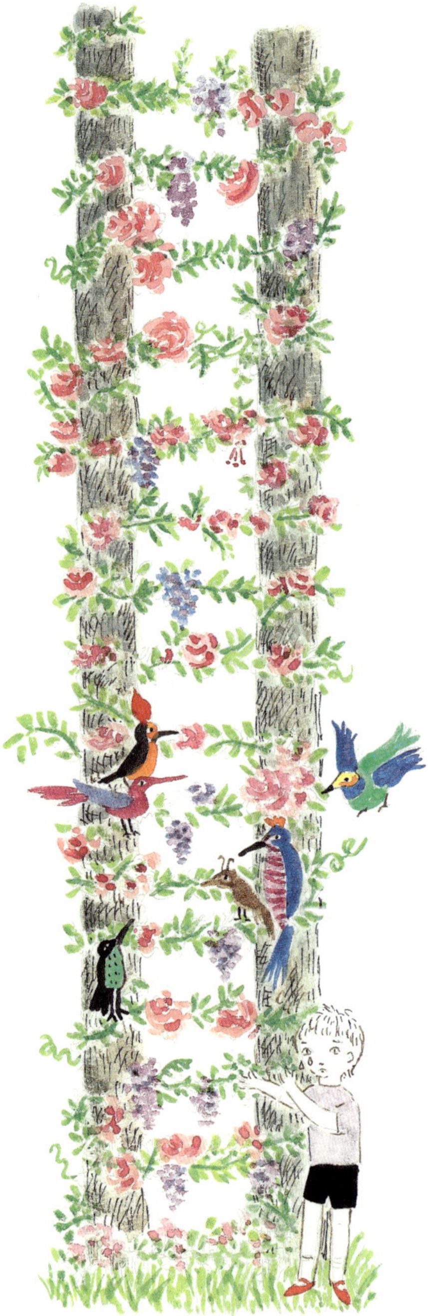

它看着弟嘟奔向紫藤阶梯,目送着他往上爬。

弟嘟一步一步地爬,动作轻快而敏捷。很快,他的睡衣看起来就像一块手帕那么大了。

小健抻长了脖子。弟嘟越来越小,越来越小,变得几乎像弹珠、豌豆、针头、灰尘一样小。当他变得看不见了,小健就忧伤地离开,去啃草地上的草,虽然它一点儿也不饿。

但是弟嘟在梯子上还看得见地面。

"看哪,草地是蓝色的。"他在想。

他停了一下。在这个高度,所有的东西都改变了。闪闪发光的房子依旧闪闪发光,但就像是钻石发出的一道微小的光芒。

风灌进弟嘟的睡衣里,把他的睡衣吹得鼓鼓的。

"抓紧呀!"他继续往上爬。这个过程不但不困难,反而让弟嘟觉得越爬越轻松。

风停下来了。之前的嘈杂声或隆隆声,都变成一片沉寂。太阳如一团巨大的火球般耀眼,却一点儿也不烫人。地面上只剩下一个影子,然后就什么都没有了。

弟嘟并没有马上注意到梯子不见了。当他发现他最喜欢的拖鞋丢了、两脚光光的时候,才注意到梯子没有了,但他还是继续爬,毫不费力、轻而易举地往上爬。一对白色的大翅膀轻拂着他。

"真好玩儿,有翅膀却没有鸟在飞!"

突然他进入一片毛茸茸、柔软光滑、巨大的微白色云彩里,在这里面,他再也看不到什么东西了。

这片云让弟嘟想起了某些东西……

对呀,某些也是这么白、这么柔软的东西,这片云让他想起了翘胡子先生的胡子,只是比那要大上千百万倍。弟嘟在一片如森林般广大的胡子里前进。

这时他听到一个声音,一个很像是翘胡子先生的声音,但是更强劲、更低沉、更浑厚。他听到那个声音说:"呀,你来了呀……"

然后他永远消失在这个看不见的世界里,这个连写故事的人都不知道的地方。

但是父亲先生、母亲太太、杜纳狄斯先生、卡洛吕、艾米莉,以及所有疼爱弟嘟的人,必然会很担心焦虑、不知所措、痛心绝望。小健负责让他们放下心来,跟他们解释这令人惊叹的事。这匹小马,我跟你们说过,知道事情的来龙去脉。

所以,看不到弟嘟了,小马就开始啃草。其实它一点儿也不饿,只是用一种奇怪的方式啃哪啃哪,就像是要画出一幅图来。随着它的前进,它用牙齿啃掉的草地上,马上就长出了又厚又密的黄花毛茛来。完成后,它就去休息了。

这天早上,当住在闪闪发光的房子里的人到处呼唤弟嘟的时候,他们看到,在草地的中央有两只小拖鞋,还有用漂亮的金黄色小花写成的这句话:

弟嘟是天使。

tistou c'était un ange

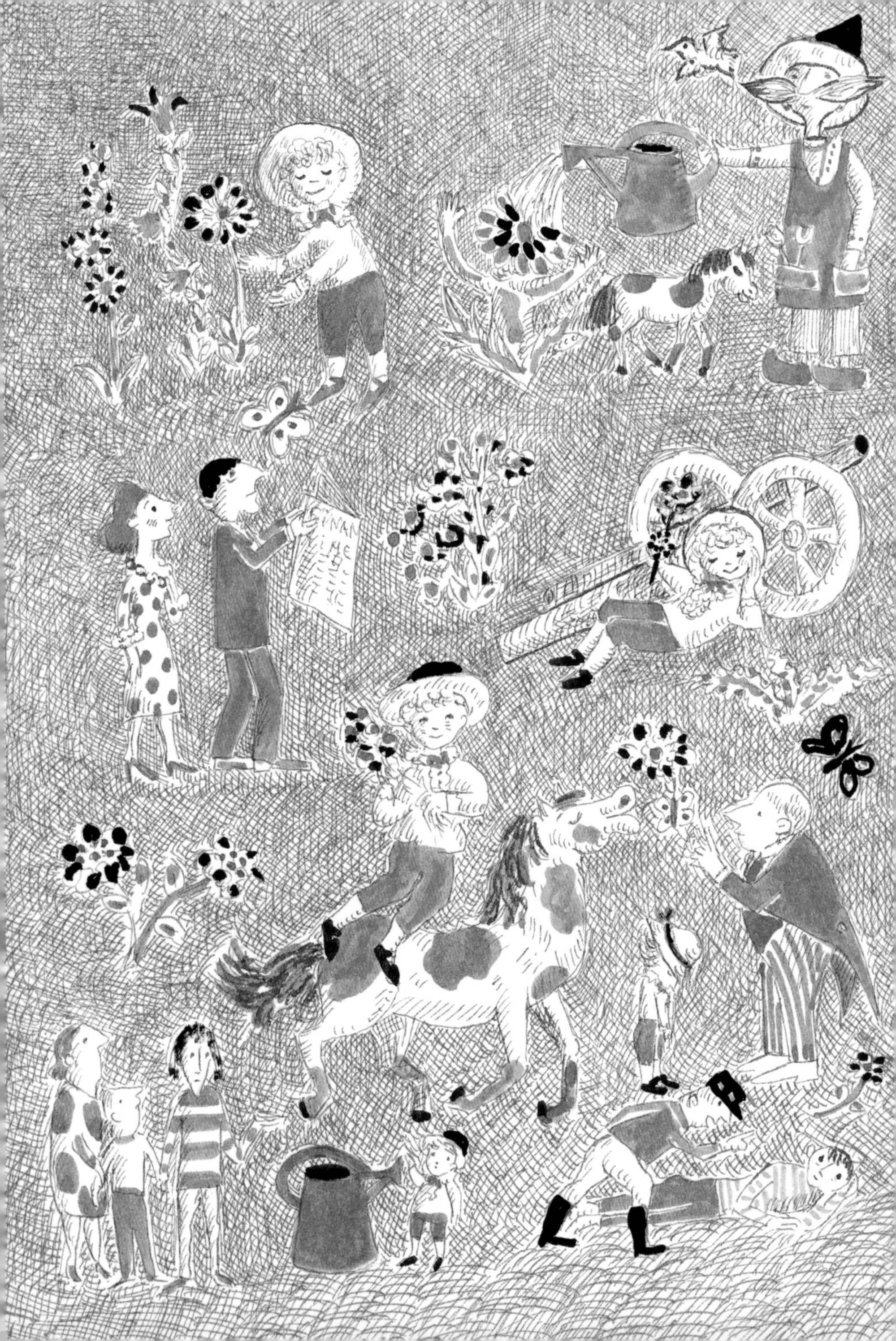